KB265461

마도신기

魔刀神器

마도신기 6

강태훈 新무협 판타지 소설

초판 1쇄 찍은 날 § 2007년 7월 6일
초판 1쇄 펴낸 날 § 2007년 7월 16일

지은이 § 강태훈
펴낸이 § 서경석

편집장 § 문혜영
편집책임 § 이재권
편집 § 최하나 · 문정흠 · 김동화

펴낸곳 § 도서출판 청어람
등록번호 § 제1081-1-89호
등록일자 § 1999. 5. 31
어람번호 § 제2-1248호

주소 § 경기도 부천시 원미구 심곡1동 350-1 남성B/D 3F (우) 420-011
전화 § 032-656-4452 팩스 § 032-656-4453
http://www.chungeoram.com
E-mail § eoram99@chollian.net

ⓒ 강태훈, 2007

ISBN 978-89-251-0792-9 04810
ISBN 978-89-251-0502-4 (세트)

마도신기
마 나 봉 인
6
강태훈
新무협 판타지 소설
FANTASTIC
ORIENTAL HEROES
[완결]
魔刀神器
도서출판
청어람

목
차

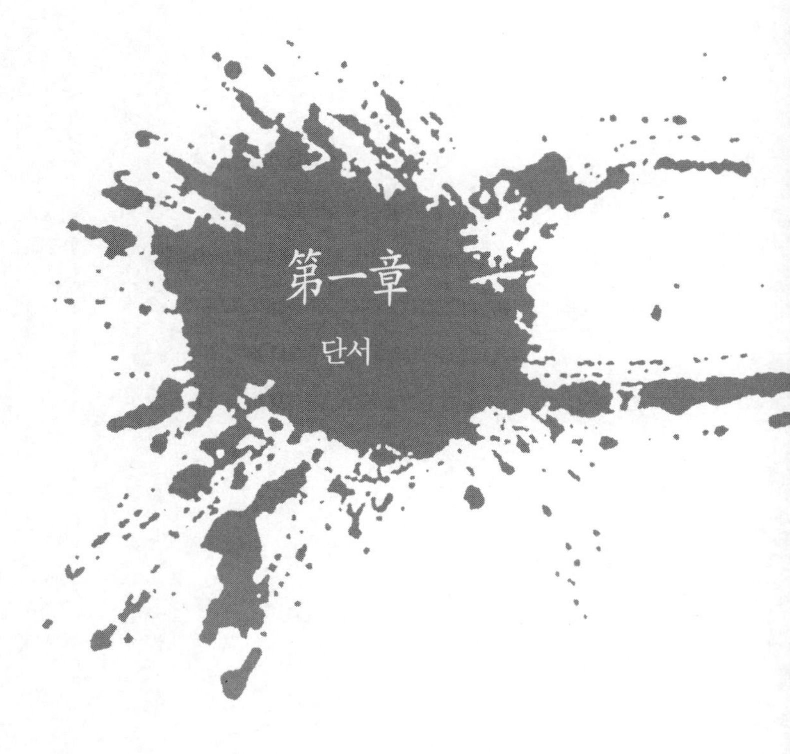
第一章
단서

소림에 모인 장문인들과 가주들의 논의는 제자리걸음만 하고 있었다. 저마다 자신의 의견을 굽히지 않아 의견 차이는 쉽게 좁혀지지 않았다.

주로 장문인들과 가주들이 의견 대립을 보이는 형태였는데, 과거 문파들과 세가들 사이에 있던 앙금이 아직 완전히 가시지 않은 듯했다.

청산과 옥허의 경우, 그저 아무 말도 하지 않고 가만히 앉아만 있을 뿐이었다.

운현은 탁상공론만 하고 있는 장문인들과 가주들을 보며 답답한 마음을 금치 못했다.

육천룡문의 진정한 힘과 그 무서움을 이 자리에 있는 그 누구보다 훨씬 더 잘 알고 있는 운현이었다.

그런 육천룡문이 중원에 모습을 드러냈고, 본격적인 움직임을 보이려 하고 있었다.

그런데도 그것을 피부로 느끼지 못하는 장문인들과 가주들은 이렇게 시간만 끌고 있으니 운현으로서는 답답할 수밖에 없었다.

지금 결정을 내리고 준비한다고 해도 한 달 이상은 족히 걸릴 것이다. 그 한 달이라는 시간 동안 저들이 어떤 식으로 나올지 아무도 알 수 없었다.

그렇다면 먼저 선수를 치고 적들에게 압박을 가해야만 앞으로의 싸움을 자신들이 주도할 수 있다.

"취걸개 방주님께 서찰이 도착했습니다."

밖에서 옥기의 목소리가 들려왔다. 이에 잠시 회의는 중단되었고, 문이 열리면서 옥기가 안으로 들어섰다.

"서찰이라고요?"

"예, 방금 도착했습니다."

취걸개는 얼른 서찰을 받아 들고는 자리에서 일어나 밖으로 나갔다.

취걸개와 옥기가 밖으로 나가자 잠시 중단되었던 회의가 다시 진행되었다.

그에 운현의 아미에는 다시금 내 천 자로 골이 파이기 시작했다.

“잠시 나와보게.”

그때 취걸개의 전음이 운현의 귀에 들렸다. 잔뜩 찌푸리고 있던 운현이 인상을 펴며 슬쩍 자리에서 일어났다.

“어디 가느냐?”

지금의 상황이 크게 마음에 들지 않던 청산은 운현이 자리에서 일어나자 물었다.

“잠시 밖에 다녀오겠습니다.”

“알겠다.”

고개를 끄덕이는 청산을 보며 운현은 회의장을 빠져나갔다. 여전히 회의장의 분위기는 치열했지만 진도는 나가지 않고 있었다.

운현이 밖으로 나가자 취걸개가 손에 서찰을 든 채 그를 기다리고 있었다.

“무슨 일이십니까?”

“일단 이것을 좀 보게.”

취걸개의 말에 운현은 그로부터 서찰을 건네받아 읽어 내려가기 시작했다.

방주님, 절강성에서 올라온 보고입니다.

절강성에 광혈천마도라는 별호로 불리는 사람이 나타났다고 합니다.

그저 그런 인물로 치부하기에는 워낙 엄청난 일을 벌인 사람이라 이렇게 보고를 올립니다.

광혈천마도라는 사람이 절강성에서 보타문의 제자 두 명을 죽이는 사건이 벌어졌습니다. 그에 보타문에서는 그자를 찾기 위해 관의 협조를 얻어 수사를 벌였고, 그자가 숨어 있다는 산을 찾아내었습니다.

보타문은 그 산을 둘러싸고 천라지망을 펼쳤고, 그자의 목숨은 경각에 달린 것처럼 보였습니다.

하지만 놀라운 것이, 그자가 보타문의 천라지망을 뚫고 유유히 사라졌다는 사실입니다.

보타문이 비록 예전과 같은 명성을 보이고 있지는 못하지만, 그들의 천라지망을 뚫고 달아날 정도의 실력이 있는 자라면 결코 무시하지 못할 것 같아 이렇게 보고를 올립니다.

서찰을 읽어 내려가는 운현의 손은 부르르 떨리고 있었다. 어디서 이렇게 강한 적이 나타났다는 말인가?

"이자는?!"

"자네를 부른 이유가 이 때문이라네. 어지간한 고수라면 그냥 개방에서 처리했겠지만, 보타문의 천라지망을 뚫었다는 사실이 마음에 걸려서 말일세."

"음……."

운현의 얼굴이 다시금 찌푸려졌다.

"어떻게 생각하면 그냥 모르는 셈 치고 넘어갈 수도 있네만, 이자가 육천룡문과 만나 힘을 합치게 된다면 우리가 감당하기 어려울 것 같아 그런다네."

"그렇겠군요."

운현이 고개를 끄덕였다. 지금의 육천룡문도 버거운 상태다. 그런데 이자가 육천룡문과 힘을 합치게 된다면 더욱더 힘들어질 수밖에 없었다.

"최근 육천룡문이 하오문과 접촉한다는 정보가 입수되었네. 서둘러야 할 것이야."

"그래야겠군요. 이자의 인상착의가 어떻게 됩니까?"

"서찰을 끝까지 읽어보게."

취걸개의 말에 운현은 다시금 서찰로 시선을 돌렸다.

…검은색의 평범한 도를 들고 있으며, 머리는 산발한 모습입니다. 겉으로 보아서는 무인 같지 않은 모습을 하고 있습니다.

특이한 점은 사람들이 그가 들고 다니는 도에 관심을 보인다는 것입니다. 절강성에서 벌어진 사단 역시 그 시발점이 어떤 무뢰배들이 그자의 도에 관심을 가졌기 때문입니다.

이 부분을 읽는 순간 운현의 뇌리에 스쳐 가는 생각이 한 가지 있었다.

'금선도!'

운현은 자신의 심장 박동이 빨라지는 것 같은 느낌을 받았다. 아직 확실한 것은 아니지만 금선도란 생각을 지울 수가 없었다.

"아무튼 알겠습니다. 서둘러야 할 것 같습니다."

조금 전보다 더욱 서두르는 운현의 모습이 약간 이상해 보였지만, 어찌 되었든 서둘러서 나쁠 것은 없었기에 취걸개는 고개를 끄덕였다.

"그럼 수고해 주게. 자네에게 짐을 지우는 것 같아 미안하구먼."

"아닙니다. 당연히 제가 해야지요. 그럼 먼저 가보겠습니다."

"그러게."

취걸개에게 인사를 한 운현은 일단 회의장으로 들어가 청산을 불러냈다. 그리고는 청산과 함께 정 노인 등이 있는 곳으로 발걸음을 옮겼다.

정 노인 등은 회의를 하고 있어야 할 운현과 청산이 나타나자 조금은 놀란 듯한 표정이었다. 하지만 그다음에 이어진 운현의 말에 더욱더 놀란 표정을 지을 수밖에 없었다.

"금선도를 찾은 것 같습니다!"

“뭐야?!”

운현의 말에 홍 노가 소리쳤다. 어떻게 찾아야 할지 막막해하던 찰나에 금선도를 찾은 것 같다는 말을 들었으니 당연한 반응이었다.

“어디, 어디서 찾았느냐?”

정 노인 역시 흥분을 감추지 못하는 모습이었다. 그에 먼저 침착해진 운현이 입을 열었다.

“아직 확실한 것은 아니지만, 정황을 보았을 때 금선도일 가능성이 높습니다.”

“그러니까 어디서 찾았냐니까?”

홍 노의 물음에 운현이 취걸개로부터 받은 서찰을 건넸다. 서찰을 받아 든 홍 노는 서찰의 마지막 부분까지 읽고 나서 눈을 동그랗게 떴다.

“틀림없다. 이건 금선도야.”

“어디, 나도 좀 보여주게.”

홍 노로부터 서찰을 건네받아 그 내용을 모두 읽은 정 노인 역시 금선도임을 확신하는 모습이었다.

“그래서 지금 바로 떠날 생각이냐?”

“네, 일단 금선도를 회수할 생각입니다.”

“그래야지.”

“그런데…….”

정 노인이 심각한 목소리로 입을 열자 사람들의 시선이 그에게로 향했다.

"너는 금선도의 영향을 받지 않는다. 하지만 다른 사람들은 아니야. 금선도를 얻은 다음엔 어떻게 할 생각이더냐?"

"아!"

정 노인의 말은 운현도 미처 생각하지 못했던 부분이라 금세 심각한 분위기가 되었다.

"일단 금선도를 얻은 다음에는 어느 한곳에 숨겨두는 게 좋을 것 같다. 당장 이곳으로 가져오지도 못할 테고, 적들의 손에 넘어가 좋을 것도 없으니 말이다."

"하지만 그렇다고 해도 적들이 못 찾으란 법은 없지요. 그들이 최근에 하오문과 접촉하고 있다는 소식을 들었습니다."

"하오문? 걔네는 또 뭐 하는 집단이냐?"

하오문에 대해서는 금시초문인 홍 노가 물었다.

"정보력 하나는 개방과 견줄 수 있는 집단입니다. 그냥 그 정도만 알고 계십시오."

긴 설명을 하지 않아도 그 정도면 충분했다. 그런 하오문과 육천룡문이 연결되었다는 말은 운현이 어디에 금선도를 숨기든 찾아낼 수 있다는 말과도 같았다.

"음……."

고민이 깊어졌다. 금선도를 찾게 되면 모든 일이 풀릴 것만 같았는데, 뜻밖의 상황에 봉착한 것이다.

"아무튼 일단은 서둘러 떠나는 것이 좋겠구나. 그 이후의 일은 우리가 좀 더 생각해 보마.”

“예, 그렇게 하겠습니다.”

“몸 조심히 다녀와라.”

“예.”

청산의 말에 힘차게 고개를 끄덕이며 대답한 운현은 자리에서 일어났다. 그에 걱정스런 눈빛으로 운현을 바라보고 있던 정미현과 초가인 역시 함께 일어나 운현을 배웅하기 위해 밖으로 나갔다.

사마궁의 등장으로 중원 공략을 위한 육천룡문의 준비는 착착 진행되고 있었다.

사마궁이 전면에 나서 이런저런 지시를 내리면 육천룡문 전체는 그의 명령에 따라 움직였다. 사마궁이라는 구심점 하나가 육천룡문 전체를 안정시킨 것이었다.

그 때문에 육천룡문의 여섯 노인은 연일 흐뭇한 표정을 짓고 있었다.

그동안 사공 없는 배처럼 표류하는 느낌을 지울 수가 없었는데, 사마궁이 든든한 사공이 되어준 것이었다.

“이제 금선도의 행방만 찾으면 되는 것인가?”

사마소의 중얼거림을 들은 다른 노인들이 고개를 끄덕였다.

금선도. 그것을 찾기 위한 첫걸음이었다.

그 시각, 홍미랑은 아주 홍미로운 소식을 접하고 있었다.
바로 광혈천마도에 관한 소식이었다.

개방을 통해 광혈천마도에 대한 정보가 운현에게 흘러들
어간 것보다는 조금 늦었지만, 그래도 얼마 차이가 나지 않을
정도로 빠른 속도였다.

"그런 자가 있단 말이지……."

중얼거리는 홍미랑의 머릿속으로 한 사람이 떠올랐다.

자신이 마음을 준 사람. 바로 곡해성이었다.

홍미랑은 자고로 여인이란 자신이 마음을 준 사람이 하는
일을 도와야 한다는 생각을 가진 여인이었다.

광혈천마도에 대한 정보를 육천룡문에 흘려 그곳에서 그
를 영입한다면 그들의 일에 크나큰 도움이 될 것이다.

보타문의 천라지망을 뚫을 정도의 실력이라면 결코 한 문
파의 장문인에 뒤지지 않는 실력이기 때문이었다.

아니, 어쩌면 그보다 더 높은 실력을 가지고 있다고 봐도
무방할 것이다.

"육천룡문에 사람을 보내라. 전달할 정보가 있다고."

"예!"

부관인 듯한 자가 크게 소리치고는 밖으로 나갔다. 홍미랑
의 눈에는 약간 홍분과 기대감이 서린 빛이 번뜩이고 있었
다.

"하오문에서?"

"그렇다."

그 말을 남기고 상인모는 그냥 밖으로 나가 버렸다. 자신과 관련없는 일에는 철저히 무관심한 그였다.

하오문에서 사람이 왔다는 소식을 들은 곡해성은 고개를 갸웃거렸다.

의뢰를 한 것도 없고, 딱히 알아봐 달라고 한 것도 없다. 하오문에서 먼저 자신을 찾을 이유가 없었다.

"개인적인 일인가?"

공적으로 주고받을 것이 없으니 사적인 일이라고 생각할 수밖에 없었다.

하지만 그것도 이상하게 생각하는 곡해성이었다.

그날 이후, 곡해성은 적어도 이틀에 한 번은 홍미랑을 보러 하오문을 찾았다.

곡해성의 마음이 그녀에게 있든 없든 하오문이라는 존재는 그런 수고를 기꺼이 하게 만들 정도의 가치가 있는 것이었다.

당장 어제만 해도 하오문에 다녀왔다. 그런데 하루 만에 다시 자신을 찾으니 이상하게 생각할 수밖에 없었다.

"일단 가보는 수밖에……."

그렇게 중얼거린 곡해성은 자리에서 일어나 말끔한 옷으로 갈아입고는 육천룡문을 나섰다.

“어서 오세요.”

남편을 맞는 여인의 모습이 이러할까? 홍미랑의 모습과 행동, 말투는 다소곳하기 그지없었다.

처음에는 적응이 안 되던 곡해성이었지만 지금은 어느 정도 익숙해져 있는 상태였다.

곡해성이 자리에 앉자 맞은편에 앉은 홍미랑은 미리 준비한 차를 찻잔에 따랐다.

쪼로록!

“무슨 일이지?”

“드세요.”

안부조차 묻지 않고 무슨 일이냐는 말부터 하는 곡해성이 야속할 법도 하지만 홍미랑은 전혀 그런 내색을 하지 않고 입가에 미소를 지었다.

“알려드릴 소식이 있습니다. 가가께서도 분명 좋아하실 겁니다.”

홍미랑의 말에 곡해성의 얼굴에 궁금하다는 표정이 드러났다. 곡해성이 자신의 말에 관심을 보이자 홍미랑은 더욱더 기분이 들뜨는 것 같았다.

“절강성에 굉장한 고수가 나타났더군요. 요즘 광혈천마도라 불리는 사람입니다.”

“들어보지 못한 이름이군.”

“그렇겠지요. 등장한 지 얼마 되지 않은 신진 고수이니까
요.”

“그런데?”

곡해성이 질문을 하며 차를 한 모금 들이켰다. 그런 곡해성
을 보며 홍미랑은 계속해서 말을 이었다.

“그자가 절강성에서 보타문의 제자들을 살해하고, 그들이
펼친 천라지망을 뚫고 도망쳤다는군요.”

거기까지 말해도 다 알아들을 수 있는 곡해성이다. 보타문
의 제자들을 건드렸다는 것은 정파가 아니라는 말이고, 그 정
도 고수라면 자신들에게 도움이 되리라.

“좋군. 접촉은 해봤나?”

“아직이요. 천라지망을 뚫고 달아난 다음의 행적이 아직
묘연하답니다. 일단 추적을 하라고 지시를 내려놓았으니 곧
찾을 수 있을 겁니다.”

“음, 찾는 즉시 나에게 연락을 취하도록. 내가 직접 만나봐
야겠어.”

“가가께서 직접?”

“그 정도 고수라면 어떤 식으로 나올지 모르지. 내가 직접
만나보는 것이 좋겠어.”

곡해성의 말에 홍미랑이 고개를 끄덕였다. 그의 말에도 일
리가 있었다.

“알겠습니다. 그럼 연락이 오는 대로 바로 연락드릴게요.”

홍미랑의 대답을 들은 곡해성이 자리에서 일어서자 홍미랑이 그를 따라 자리에서 일어났다.

"벌써 가실 건가요?"

"오늘은 이만 돌아가지. 바쁜 일이 있어서."

"…네, 그러세요."

곡해성이 몸을 돌려 하오문을 나섰다. 그런 그의 뒷모습을 보는 홍미랑의 눈에는 아쉬움이 진하게 묻어 있었다.

'광혈천마도라… 쓸모있겠어.'

자신에 대한 그녀의 마음은 전혀 신경 쓰지 않고 속으로 조용히 중얼거리며 육천룡문으로 돌아가는 곡해성이었다.

이틀 뒤, 홍미랑에게 다시 연락을 받고 하오문으로 향하는 곡해성의 발걸음은 빨랐다. 운현 역시 이 소식을 듣지 못했을 리가 없기 때문이다.

"어디에 있다고 하던가?"

"절강성에서 강서성을 통해 호남성 쪽으로 가고 있다고 하네요."

"호남성? 목적지가 있는 건가?"

"그런 것 같지는 않아요. 그냥 발길 닿는 대로 돌아다니는 것 같더군요."

"그래? 골치 아프군."

목적지가 있는 이동이라면 어느 길로 갈지 예측할 수 있었다. 그렇지 않다면 예측하기가 어려우니 만나기가 더욱더 어렵다.

"인상착의는?"

홍미랑은 광혈천마도의 인상착의가 적힌 종이를 곡해성에게 건넸다. 종이를 건네받은 곡해성은 빠른 속도로 글을 읽어 내려갔다.

"……!"

종이를 다 읽은 곡해성의 눈이 크게 떠졌다.

'도?'

평범하게 생긴 도라고 했다. 하지만 자꾸 신경 쓰인다.

"이 도에 대한 다른 특이 사항은 없나?"

"자세한 이야기는 못 들었지만 도에 글자가 새겨져 있다고 들었어요."

"뭐라고, 뭐라고 새겨져 있다고 하던가?"

"그것까지는 정확히 모르겠다고 하더군요. 그리고……."

"그리고?"

"특이한 점이 있더군요. 비록 두 명에 불과하지만, 보타문 제자 두 명이 죽기 전에 무뢰배 두 명이 그가 들고 있는 도에 관심을 가졌다는 거예요. 평범하게 생긴 도라는데… 왜 관심을 가졌는지 모르겠어요."

'관심을 가졌다고?'

홍미랑의 말을 듣는 순간 곡해성은 거의 확신에 차 있었다.

‘금선도다!

확실한 것 같았다. 두 명뿐이지만 그 두 명이 도에 관심을 가짐으로써 커다란 혈풍이 불었다.

광혈천마도라는 자가 돌아다니면 돌아다닐수록 곳곳에서 혈풍이 불어닥치리라.

“아무래도 단순한 고수의 등장은 아닌 것 같군.”

“예?”

알 수 없는 곡해성의 말에 홍미랑이 되물었지만 곡해성은 입을 열지 않았다. 그대로 자리에서 일어날 뿐이었다.

“지금 바로 돌아가서 떠날 채비를 해야겠어.”

“그러세요.”

홍미랑은 단순히 곡해성이 광혈천마도를 자신들의 편으로 끌어들이기 위하여 그러는 것이라 생각할 뿐이었다.

곡해성은 그 길로 바로 육천룡문으로 돌아갔다.

육천룡문으로 돌아간 곡해성은 여섯 노인을 만나기 전에 상인모와 사마궁을 먼저 만나기로 했다. 두 사람의 이야기를 들어보고 좀 더 확신을 가지기 위해서였다.

“무슨 일이시지요?”

“중요한 일이다. 상인모는?”

“왔다.”

문이 열리고 상인모가 곡해성의 거처로 들어섰다.

“때맞춰 왔군. 어서 들어와라. 중요한 정보를 입수했다.”

“왜, 저들이 발악이라도 한다던가?”

“그것이 아니다. 우리의 대업과 관련이 있는 일이다.”

“대업과?”

곡해성의 말에 사마궁과 상인모의 얼굴에 놀라움이 떠올랐다. 기대하지도 못한 대업과 관련된 정보를 듣게 되었으니 당연한 것이었다.

“무슨 정보인가?”

“금선도를 가진 사람이 나타난 것 같다.”

“뭐? 좀 더 자세하게 얘기해 봐!”

상인모가 재촉하자 곡해성은 고개를 끄덕이며 홍미랑으로부터 들은 정보에 대해서 이야기하기 시작했다.

곡해성의 이야기를 듣는 동안 상인모와 사마궁의 얼굴은 점점 놀라는 표정으로 바뀌어갔다.

“그게 정말인가?”

“그래, 사실이다.”

상인모의 물음에 곡해성이 고개를 끄덕이며 대답했다.

“금선도가 거의 확실한 것 같군요. 그 후에 다른 일은 없었다고 합니까?”

“그런 이야기는 못 들었다.”

“아쉽군요. 다른 사건이 있었다면 그자가 들고 다니는 도가 금선도인 것이 확실할 텐데 말입니다.”

"나도 그 점이 조금 아쉽다."

"그럼 일단은 직접 가서 확인을 해봐야 한다는 말이군."

"그렇지."

"내가 가겠다."

상인모가 가겠다고 나섰다. 광혈천마도라는 사람이 들고 다니는 도가 금선도인지 자신의 눈으로 직접 확인해 보고 싶고, 고수인 그와 한판 붙어보고 싶은 마음 또한 있었다.

"네가 가겠다고?"

"그래. 왜? 안 되나?"

"왜 네가 가야 하지?"

곡해성의 말에 상인모는 알 수 없다는 표정을 지으며 그를 바라보았다.

"안 된다는 것이 아니라, 왜 네놈이 가야 하느냐고 묻고 있는 것이다."

"왜? 내가 가는 것이 그렇게 싫은가? 네놈이 가고 싶은 것이로군."

상인모의 말에 곡해성은 자신의 마음을 숨기지 않고 고개를 끄덕였다.

"물론. 내가 가고 싶다."

"과연 네놈이 그자를 감당할 수 있을까?"

"못할 것이라 생각하나?"

"못할 것이라 생각하는데. 나 이상이 아니면 불가능하다 생각하고 있다. 만약 네가 그 상황이라면 보타문의 천라지망을 뚫고 도망칠 수 있을 것 같은가?"

"……."

곡해성은 대답할 수 없었다. 아무리 자신이라도 그 포위망을 뚫고 달아날 수는 없을 것 같았다.

"그러는 너는 할 수 있나?"

"너와 나의 실력 차이를 모르고 하는 말인가?"

자신있다는 어투로 말하는 상인모를 보며 곡해성은 몸을 한 번 부르르 떨었다.

지금까지의 전적은 전패. 자신이 한 번도 이겨보지 못한 상인모이기에 별다른 반박을 할 수가 없었다.

그 정도로 상인모의 실력은 대단했다.

"두 분 다 그만 하시지요."

그때, 사마궁이 둘의 사이를 중재하고 나섰다. 그러자 곡해성과 상인모 둘 다 더 이상 아무런 말도 하지 않고 입을 다물었다.

사마궁이 자신들보다 더 강하기도 했고, 어찌 됐든 지금 육천룡문을 이끌어가는 사람이 사마궁이기 때문이었다.

"제가 생각하기에는……."

사마궁의 말에 상인모와 곡해성의 시선은 그의 입에만 꽂혀 있었다. 서로 자신이 가는 것이 더 나을 것 같다는 말이 나오기를 기대하면서.

"상 형이 가시는 것이 나을 것 같군요."

그 순간 상인모의 얼굴에는 환희가, 곡해성의 얼굴에는 좌절감이 그대로 배어 나왔다.

"왜지?"

곡해성이 이해할 수 없다는 듯 사마궁에게 물었다. 중원의 상황에 대해서라면 자신이 상인모보다 여러 가지로 더 잘 알고 있었고, 사람을 상대하는 것도 그보다는 더 낫다고 자부하고 있었다.

"지금 육천룡문은 중원에 자리를 잡고 본격적인 중원 공략을 위해 안정화가 필요한 시점입니다. 그런 경험이 저에게는 없습니다. 때문에 곁에서 조언을 해주시고 일을 도와주실 곡 형이 필요합니다."

사마궁의 말에 곡해성은 싫다고 말할 수가 없었다. 맞는 말이었으니까.

"…그러마."

곡해성이 대답을 하자 상인모는 자신이 승리자라도 된 듯 의기양양한 표정으로 곡해성을 바라보았다.

사마궁과 곡해성, 상인모로부터 금선도와 관련된 소식을 들은 여섯 노인은 흥분을 감추지 못했다.

다들 일흔을 넘긴 나이였지만 마치 어린아이가 사탕을 얻고 기뻐하는 것 같았다.

"그래, 그래서 어찌하기로 했느냐? 지금 이러고 있을 때가
아니지 않더냐? 서둘러 길을 떠나야 할 것이야."

"예. 그래서 이번에는 상 형님이 가시기로 하셨습니다. 곡
형님과 저는 이곳에 남아 육천룡문이 자리를 잡는 데 주력할
생각입니다."

"그래, 좋은 결정이다. 저쪽에서도 분명 이러한 사실을 알
고 있을 터. 서둘러 길을 떠나 우리가 먼저 금선도를 찾아야
한다."

"예."

백성익의 말에 상인모가 힘차게 대답했다. 그리고는 곧바
로 밖으로 나가 떠날 차비를 하기 시작했다.

그런 상인모를 곡해성은 부러운 눈빛으로 바라보고 있었
다.

상인모는 그날로 바로 광혈천마도를 만나러 가기기 위해
육천룡문에서 나왔다.

정파 쪽에서는 분명 운현이 길을 떠날 것이다. 운현만 한
고수가 없을뿐더러 금선도와 관련이 있는 사람은 운현밖에
없었기 때문이다.

그 생각을 하니 상인모의 발걸음이 더욱 빨라졌다.

운현은 자신보다 강한 고수다. 그런 고수가 나선다면 자신
에게 여러 가지로 불리할 것이다.

그렇다면 방법은 단 한 가지. 먼저 도착하여 광혈천마도를 제압하고, 금선도를 빼앗아 그 자리를 뜨는 것.

유난히 호남성까지의 거리가 멀게만 느껴지는 상인모였다.

상인모가 육천룡문에서 길을 떠난 지 하루가 지난 후, 운현은 소림에서 나와 호남으로 방향을 잡았다.

원래는 하루 일찍 출발할 수 있었지만 너무 심하게 걱정하는 정미현과 초가인을 그냥 두고 볼 수가 없어 하루 늦게 출발한 것이었다.

그 때문에 아무도 일어나지 않은 이른 새벽에 소림을 나선 운현은 그 어느 때보다도 더 빠르게 발걸음을 옮겼다.

금선도를 찾으러 간다는 생각을 하니 잠은 확 달아났고, 흥분되고 긴장이 되는 운현이었다.

그렇게 내딛는 한 걸음 한 걸음에 힘이 들어가는 운현이었다.

第二章
엇갈림

　광혈천마도 홍대승은 강서성 의춘이라는 곳을 지나고 있
었다.

　아직도 사람들의 시선이 부담스럽게 느껴졌지만 다행히도
그의 모습을 보고 함부로 달려드는 사람은 없었다.

　게다가 광혈천마도의 악명과 함께 그의 용모파기도 빠르
게 퍼져 나가고 있었던지라 그를 알아보는 사람들도 적지 않
았던 것이다.

　아무튼 그 덕분에 홍대승은 별 무리 없이 강서성을 지나 호
남성 쪽으로 가고 있었다.

　물론 딱히 정해진 목적지가 있는 것은 아니었지만, 그렇다

고 해서 어느 한곳에 머물러 있을 수는 없었다.

흥분하여 싸움을 할 때를 제외하고는 정신이 멀쩡한 그였기에 지금까지 자신이 벌인 일들을 모르지 않는 홍대승이었다.

그렇기에 그런 일을 벌이고서 어느 한곳에 머물러 있으면 죽기 쉽다는 것 정도는 알 수 있는 그였다.

"그래도……."

관도가 아닌 숲을 따라 길을 걷던 홍대승은 근처에 있는 작은 개울로 다가갔다.

그리고 물에 비친 자신의 모습을 바라보았다.

예전에는 이러지 않았다. 잘 먹고 잘 입지는 못했지만 그래도 지저분하다는 소리는 듣지 않고 다녔는데, 지금은 거지들이 와서 형 동생 하자고 해도 할 말이 없을 정도였다.

"씻자."

홍대승은 들고 있던 금선도를 바닥에 내려놓고는 여기저기 찢어진 옷을 벗었다.

옷을 벗을 때는 아무 망설임이 없었지만, 금선도를 내려놓을 때는 망설이는 모습을 보이는 홍대승이다.

하지만 지금 자신이 있는 곳이 인적이 드문 산속이라는 사실에 조금은 마음을 놓고 금선도를 내려놓을 수 있었다.

첨벙.

물로 뛰어든 홍대승은 뼛속까지 시원해지는 느낌에 정신

이 맑아지는 것 같았다. 최근 계속해서 혼탁하게 느껴졌던 정신이 말끔히 씻겨져 나가는 듯한 기분이었다.

잠시 물속에 앉아 기분 좋은 느낌을 만끽하던 홍대승은 이내 온몸 구석구석을 씻기 시작했다.

그렇게라도 하지 않으면 어느새 자신의 몸에 진하게 배어 있는 혈향이 지워지지 않을 것 같았다.

또한 그렇게라도 해야 그동안 자신이 저지른 일에 대한 충격에서 벗어날 수 있을 것 같았다.

그렇게 홍대승은 물속에서 꽤 오랜 시간 동안 몸을 씻었다. 그동안의 모든 것을 씻어버리려는 듯.

소림이 있는 하남성을 떠나 호북성으로 들어온 운현은 무당파가 있는 균현을 지나게 되었다.

일부러라도 한 번 들르고 싶었는데, 마침 그곳을 지나게 되어 운현은 발걸음을 더욱더 빨리했다.

균현의 분위기는 밝았다. 육천룡문에 의해서 마교가 무너지고 그 자리에 그들이 자리 잡았다는 사실을 모르는 사람들은 잠깐의 휴전일지라도 지금처럼 평화로운 분위기를 좋아했다.

자신이나 강호의 명숙들은 골머리를 앓고 있지만 일반 사람들은 그런 것에는 신경 쓰지 않았다.

그저 자신들이 아무 걱정 없이 살 수 있으면 그것으로 좋은 것이었다.

모처럼 만에 그런 사람들의 얼굴과 목소리를 들으니 운현의 입가에도 미소가 번졌다.

'무당파.'

자신의 사문. 큰 위기를 겪었지만 요즘은 서서히 제자리를 찾아가고 있다고 들었다.

자신의 사문임에도 바쁘다는 이유로 얼굴 한 번 들이밀지 못한 자신을 생각하며 미안한 생각도 들었지만, 이 일이 끝나고 나면 무당을 위해 자신의 모든 것을 바치겠다고 다짐하는 운현이었다.

"그럼… 개방에 좀 들러봐야겠는데?"

광혈천마도의 종적을 찾으려면 일단 개방을 찾아야 했다. 무당이 멀쩡했다면 잠시 들러 물으면 될 일이었지만 아쉽게도 지금의 무당은 그 정도의 정보력을 가질 만큼 세가 크지 못했다.

운현은 아쉬운 마음으로 무당산을 뒤로하고 개방 분타를 찾아 발걸음을 옮겼다.

호북성 양번. 크지는 않지만 개방 분타가 자리 잡고 있는 곳이었다.

호북성은 무당파가 자리 잡은 곳이기 때문에 개방의 큰 분타가 자리 잡기 어려웠다. 적어도 호북성 내에서는 무당파가 대부분의 정보를 독점하고 있었기 때문이다.

그 때문에 중원 전체의 정보를 총괄하는 개방은 각 문파들과 긴밀한 협조를 주고받아 왔다.

하지만 요즘은 시국이 시국인 데다가 호북성 내에서 무당파가 예전만큼의 위세를 떨치기 어려운 상황인만큼 모든 정보는 개방에 의존할 수밖에 없었다.

“젠장! 왜 이리 바쁜 거야!”

양번 분타주인 신용빈은 연신 투덜거리고 있었다. 원래 모든 일은 자신의 수하들이 알아서 했고, 자신은 그저 편히 쉬면서 결정만 해왔다.

천성도 워낙 늘어지는 성격이라 일을 하지 않는 분타주의 자리는 그에게 너무나도 딱 맞는 자리였다.

하지만 무당파에 어느 정도 의존하던 정보력이 고스란히 개방으로 넘어오게 되자 분타주인 신용빈 자신도 일을 하지 않으면 안 되는 상황이 되어버렸다.

안 하던 일을 하려다 보니 신용빈은 요즘 들어 매일같이 짜증만 부리고 있었다.

성격도 까칠하게 변하여 그 밑에서 일하는 개방 제자들이 안쓰럽게 볼 정도였다.

“분타주님!”

“뭐야! 바쁜데!”

“지금 바쁜 걸 따질 때가 아니라니까요!”

“도대체 왜!”

“검존이 오고 있어요, 검존이!”

“뭐야?”

짜증을 내던 신용빈은 검존이라는 말에 깜짝 놀라며 하던 일을 멈추었다.

“검존? 젠장, 뭐 이리 빨리 와? 언제쯤 도착인데?”

“하루? 반나절? 그 정도면 도착할 것 같은데요?”

“한 시진 안에 광혈천마도에 대한 자료를 깡그리 모아서 정리해 놔!”

“예? 한 시진이라고요?”

“그래! 서둘러! 검존이 오는 이유는 그것밖에 없다. 그러니 서둘러!”

“그래도 한 시진은 좀…….”

“확!”

신용빈이 주먹을 들어 올리며 위협을 가하자 수하는 더 이상 아무 대꾸도 못하고 꼬리를 말았다.

“아, 혹시 모르니까 마교 쪽 정보도 같이!”

“…네.”

또다시 투덜거렸다가는 경을 칠지도 몰랐기에 수하는 입만 삐죽 내밀며 대답할 수밖에 없었다.

“한 번 보고 싶긴 했는데… 이리도 빨리 보게 될 줄이야.”

신용빈은 검존을 만나게 된다는 기대감에 연신 흥분을 감추지 못했다.

명령을 받고 한 시진 만에 광혈천마도에 대한 자료와 마교 쪽 자료를 모두 정리하여 의기양양하게 신용빈에게 가고 있는 수하의 눈에 한 사람이 들어왔다.

그는 지금 자신의 눈을 의심하고 있었다.

"분타주님을 뵐 수 있을까요?"

"헉! 검… 존!"

수하는 하마터면 자신의 손에 들고 있는 종이 뭉치를 떨어 뜨릴 뻔했다.

무당산이 있는 균현에서 이곳까지의 거리는 반나절이 걸 리는 거리였다.

그런데 어찌 한 시진 만에 이곳에 와 있단 말인가!

"아, 저를 따라오십시오."

그런 놀람도 잠시, 그는 얼른 정신을 차리고는 운현을 데리 고 신용빈이 있는 곳으로 발걸음을 옮겼다.

"어서 오십시오. 검존을 만나뵙게 되어 영광입니다. 작지 만 분타주를 맡고 있는 신용빈이라고 합니다."

이미 다른 수하에게 이야기를 듣고 운현을 맞을 준비를 하 고 있던 신용빈이었다.

"반갑습니다. 너무 갑작스럽게 방문한 것이 아닌지 모르겠 군요."

"개방에 갑작스럽게 찾아오시는 분들은 없습니다. 걱정하지 마십시오."

"그렇군요."

운현은 미소 지었다. 아무리 미리 기별을 넣지 않는다 하여도 이곳은 중원 천지 어느 곳에라도 열려 있는 귀를 가진 개방이었다. 때문에 자신이 오는 것을 몰랐을 리가 없었다.

"이리 줘."

"아, 예."

광혈천마도와 마교 쪽 정보를 정리한 종이 뭉치들을 들고 멀뚱히 서 있던 수하는 신용빈의 말에 그것을 건넸다.

"이제 나가봐."

"넵!"

신용빈에게 종이 뭉치가 건네지자 홀가분하다는 듯 수하는 힘차게 대답하고 밖으로 나갔다.

"이것을 받으시지요."

"설마……."

"예, 광혈천마도의 정보입니다. 혹시 몰라 마교 쪽 정보도 함께 넣었습니다."

"아! 정말 감사합니다. 적어도 하루는 걸릴 것이라 예상하고 왔는데 잘되었군요. 이것으로 시간을 벌었습니다."

"도움이 되었다니 잘되었군요."

신용빈이 만족스럽다는 듯 미소를 지었다. 운현은 신용빈에게 받은 종이를 쭉 읽어보았다.

"이게 언제 들어온 정보이지요?"

"오늘 아침에 들어온 정보입니다."

"얼마 안 되었군요. 흠, 호남이라……."

"아직은 강서성에 있지만 행로로 보아 호남성으로 향하는 것이 확실해 보입니다."

"그렇군요. 그럼 이대로 호남성으로 발길을 옮겨야겠습니다."

"그러시는 것이 좋을 겁니다. 강서성으로 가면 뒤만 쫓는 꼴이 되니, 앞서 가서 기다리는 것이 훨씬 더 수월하겠지요."

"물론입니다."

신용빈의 말에 운현은 고개를 끄덕이며 미소를 지었다. 시간도 벌었고, 덤으로 좋은 정보도 얻은 것이다.

"아, 마교 쪽 정보를 보시면 마교 쪽에서도 누군가가 호남성 쪽으로 향하고 있다는 것을 아실 수 있을 겁니다. 광혈천마도, 그 사람을 만나러 가는 것 같습니다."

"음."

운현이 심각한 표정으로 고개를 끄덕였다. 그자가 육천룡문을 떠난 날짜가 자신이 소림을 떠난 날보다 하루가 빨랐다.

대충 거리를 생각해 보면 그곳에서 출발하는 것이나 소림에서 출발하는 것이나 큰 차이는 없었다.

그렇다면 하루라는 차이는 결정적인 요소로 작용할 수 있었다.

"아무래도 서둘러 출발해야 할 것 같군요."

"그래야 할 겁니다."

"그럼 저는 이만 일어나 보도록 하지요."

"미리 호남성 분타에 연락을 넣어 그자를 막으라고 할까요?"

"아닙니다. 그렇게 하면 괜히 피해만 늘어날 뿐입니다. 그냥 제가 빨리 가는 것이 나을 것 같군요."

"뭐, 그러시다면 따로 조치를 취하지는 않겠습니다. 조심해서 가십시오."

"예, 감사합니다. 나중에 다시 뵙지요."

그 말을 남기고 운현은 곧바로 개방 분타에서 나왔다. 그러고는 호남성으로 가는 관도를 따라 빠르게 달리기 시작했다.

"정말 대단한 사람이란 말이야."

순식간에 저 멀리로 사라지는 운현의 속도를 보며 혀를 내두르는 신용빈이었다.

상인모 역시 빠른 속도로 길을 달리고 있었다. 그는 곧장 호남으로 달리고 있었는데, 그럴 수 있는 데에는 이유가 있었다.

운현이 정보를 얻기 위해 개방에 들르는 반면에 그는 그러지 않았다.

마을에 들르기는 했지만 그것은 그냥 요기를 할 때뿐이었고, 정보를 얻기 위해서 하오문에 들르거나 하지는 않았다.

마을에 잠시 들를 때마다 하오문에서 알아서 정보를 가져다주었기 때문이다.

처음에는 어찌 된 영문인지 몰라 하던 상인모였지만 이내 그 이유를 알 수 있었다.

'곡해성.'

곡해성이 하오문에 이야기하여 상인모에게 수시로 정보를 알려주도록 한 까닭이었다.

비록 자신이 직접 가지는 못하지만 대업과 관련된 일인만큼 상인모에게 최대한 협조하고 있는 것이었다.

경쟁 의식을 가지고 있고, 사이가 좋은 것은 아니었지만 지금만큼은 곡해성에게 더할 나위 없이 고마운 상인모였다.

그러한 까닭에 상인모는 시간을 낭비하지 않아도 되었고, 그 결과로 지금 그는 귀주를 지나 호남성에 들어서고 있었다.

"이제… 그만 찾으면 되는 것인가?"

그렇게 중얼거린 상인모는 몸을 한 번 부르르 떨었다. 새로운 고수와의 만남. 그리고 금선도를 자신의 손으로 찾아와 대업을 이룰 수도 있다는 생각.

그것을 생각하니 온몸에 전율이 흐른 것이었다.

"마을이 보이는군."

하루 전, 하오문으로부터 받은 정보에 의하면 운현은 아직 호북성에 있다고 했다.

아무리 운현이 빠르다고 하여도 호북성에서 호남성까지 하루 만에 오는 것은 무리일 터. 조금은 느긋해진 상인모였다.

"요기라도 좀 해야겠어."

이제부터가 문제였다. 호남성에 와서 광혈천마도가 어디로 향할지, 어떤 움직임을 보일지 알 수 없었기 때문이다.

상인모는 이럴 때일수록 침착하게 상황을 보면서 행동하는 것이 최선이라 생각했다.

상인모가 호남성에 들어온 때와 비슷한 시간에 홍대승 역시 호남성에 들어와 있었다.

그런데 호남성에 들어온 홍대승의 모습은 확 바뀌어 있었다.

어디서 구했는지는 모르지만 옷도 깨끗한 것으로 바뀌어 있었고, 산발이었던 머리 역시 깔끔하게 뒤로 빗어 넘겨 묶은 상태였다.

완전히 다른 사람이라고 해야 옳을 듯했다.

하지만 처리하지 못한 것이 하나 있었으니, 그건 바로 금선도였다. 그냥 손으로 들고 다니는 것 이외에 어찌 처리해야 할지 방도를 몰라 그냥 들고 다니는 홍대승이었다.

생각보다 도의 날이 예리해서 천으로 감아도 자꾸 끊어지기 일쑤였고, 그 날카로운 것을 메고 다니다가는 어디 한 군데 베일 것 같았기 때문이다.

홍대승은 자꾸만 사람들이 자신의 도를 쳐다보는 것 같아 부담스러웠다.

지금까지 자신의 도에 관심을 가졌던 사람들이 얼마나 많았던가.

그리고 그 결과는 언제나 피로 끝이 났다. 자신도 모르는 사이에 도는 그들의 몸을 가르고 있었고, 그럴 때마다 자신의 손에는 여지없이 붉은 피가 묻어 있었다.

홍대승은 그것이 싫었다. 하지만 금선도를 어찌 숨기고 다녀야 할지 마땅한 방도가 떠오르지 않았다.

그렇다고 해서 어느 한곳에 숨겨두는 것도 싫었다. 자신의 것이었기에, 세상에 의지할 곳 하나 없는 홍대승에게 금선도는 유일한 버팀목이었다.

금선도를 쥔 손에 더욱더 힘이 들어갔다.

사람들의 눈치를 보며 식사를 마친 홍대승은 더 이상 여윳돈이 없었다.

방금 전에 그나마 가지고 있던 돈도 다 써버렸기 때문이다.

옷을 훔치기 위해 들어간 집에는 돈이 많지 않았다.

그도 그럴 것이, 딱 보기에도 돈이 없어 보이는 집에 들어 갔기 때문이다.

처음에는 옷만 훔쳐 가지고 나올 생각이었으나 문득 배고 프다는 생각에 약간의 돈을 훔쳐 가지고 나왔던 것이다.

그래봤자 몇 문에 지나지 않았지만.

그렇게 돈이 없음을 걱정하며 길을 걷는데 파락호로 보이 는 몇 명이 눈에 들어왔다.

그 순간 홍대승의 심장이 강하게 뛰기 시작했다.

파락호라면 지겨웠다. 마을에 있을 때에도 언제나 자신은 파락호들에게 몽둥이찜질을 당해야 했다.

게다가 절강성에서는 어떠했는가?

자신의 도를 가지고 자신에게 시비를 걸었던 파락호들을 죽이고, 그것을 막으려던 여무사 둘을 죽이는 과정에서 자신 역시 죽을 뻔하지 않았던가.

그런 홍대승의 눈앞에 파락호들이 나타나자 홍대승은 또 다시 불길한 예감에 휩싸였다.

"이야~ 저기, 우리에게 돈을 대줄 놈이 한 명 오는구나."

"조심해. 도를 들고 있잖아."

"생긴 걸 봐라. 배짱있게 생겼나. 하도 당하니까 또 어디서 하나 구해 가지고 위협용으로 들고 다니는 거겠지."

"그래도 조심해서 나쁠 건 없어."

"넌 너무 용기가 없어서 탈이야. 그동안 이 짓은 어떻게 해 먹고 살았냐?"

파락호들과의 거리가 가까워지면서 그들의 대화가 홍대승의 귀에도 들렸다. 자신을 노리고 다가오는 그들이었다.

세 명. 세 명의 파락호. 수십 명의 여고수를 상대로 멀쩡하게 살아나온 홍대승이었지만 아직도 여전히 자신감이 없었다.

어차피 제정신이 아닌 상황에서 벌인 일이었으니 그럴 수밖에 없었다.

"어이! 거기 형씨!"

파락호 한 명이 홍대승을 불렀다. 하지만 홍대승은 못 들은 척하면서 계속 걸었다.

"어라? 이 새끼 뭐야? 우리 말을 씹어?"

"안 되겠는데? 야, 잡아!"

그러자 두 명의 사내가 홍대승의 양팔을 잡았다. 그러자 홍대승이 왜 그러느냐는 듯 그들을 보았다.

"왜, 왜 그러시오?"

"왜?"

대장으로 보이는 파락호가 홍대승의 말을 듣고는 어이없다는 듯 그를 바라보았다.

"우리가 부른 것 못 들었어?"

"모, 못 들었소."

"못 들었어? 뭐, 그럼 어쩔 수 없지. 그건 그렇다 치고, 돈 있으면 좀 내놔봐."

"없소!"

진짜로 가진 것 하나 없는 홍대승이 소리쳤고, 그런 그의 모습은 돈이 있음에도 없는 것처럼 둘러대는 것 같은 오해를 불러일으켰다.

"그래? 야! 뒤져!"

"어, 어!"

세 명의 파락호가 홍대승의 몸을 샅샅이 뒤지기 시작하자 당황한 홍대승은 어찌할 바를 몰라 하였다.

"뭐, 이런 거지새끼가 다 있어? 진짜 한 푼도 없는데?"

"뭐야?"

아무리 뒤져 봐도 동전 한 문 나오지 않자 파락호들은 홍대승을 이상한 사람 보듯 바라보았다. 길을 가는 사람이 돈 한 푼 없다는 건 이상한 일이 아닐 수 없었다.

"결국에는 들고 다니는 도밖에 없는 건가?"

돈이 없으니 자연스럽게 들고 있는 것에 눈길이 갔고, 다른 파락호들 역시 홍대승이 들고 다니는 도로 시선을 옮겼다.

"오호~ 이거 생각보다 쓸 만하겠는데? 생긴 건 그다지 좋은 것 같지는 않은데, 그래도 대장간 같은 데 팔면 단단하다고 돈 좀 받겠어."

"그래? 난 잘 모르겠는데."

"시끄러! 너는 잘 모르니까 그런 소리를 하지."

"뭐야?"

"조용히 좀 해봐! 너, 그 도라도 나한테 넘기지?"

금선도를 넘기라는 파락호의 말에 홍대승은 뒤로 한 발 물러섰다.

"아, 안 되오!"

"안 되긴 뭐가 안 돼! 내놔!"

안 된다는 홍대승의 말에 파락호 한 명이 그에게 달려들었다. 억지로 금선도를 빼앗기 위함이었다.

그러자 다른 파락호들도 일제히 홍대승에게 달려들기 시작했다.

"내놔!"

"안 돼!"

촤악!

"크악!"

금선도를 빼앗기지 않기 위해 몸부림치던 홍대승은 자신도 모르게 파락호 한 명의 팔을 금선도로 그었다.

떨어져 나갈 정도로 심한 상처는 아니었지만 피가 제법 흐르는 것이 제법 깊이 베인 모양이었다.

"어쭈! 한 성깔 하는 것 같은데? 야! 쳐!"

팔을 베인 파락호가 인상을 찌푸리며 소리쳤다. 그러자 나머지 세 명의 파락호가 일제히 홍대승을 공격하기 시작했다.

하지만 상황은 그들의 뜻대로 흘러가지 않았다.

피를 본 홍대승은 점점 흥분해 가고 있는 상황이었고, 자신을 공격하기 위해 달려드는 파락호들을 보며 다시금 눈이 붉게 충혈되고 있었던 것이다.

촤라락!

"크악!"

자신을 향해 주먹을 휘두르는 파락호를 간단히 피한 홍대승은 들고 있는 도를 휘둘렀고, 그러자 큰 비명과 함께 파락호의 한쪽 팔이 그대로 잘려 나갔다.

달려들던 파락호들이 순간 움찔하며 머뭇거렸다. 아무것도 못할 것처럼 생긴 상대가 도를 휘둘러 아무렇지도 않게 팔을 잘라 버리니 그럴 수밖에 없었다.

아무리 자신들이 길거리에서 파락호 노릇을 하고 있다고 해도 겁이라는 것이 없을 수는 없었다.

하물며 무기를 사용해 사람을 베는 일을 아무렇지도 않게 하는 자가 상대라면 당연한 것이었다.

파락호들은 머뭇거렸지만 홍대승은 전혀 머뭇거리지 않았다. 이미 눈앞에 보이는 사람들은 그저 죽여야 할 사람들이라는 생각만이 머릿속을 지배하고 있었다.

망설임없이 다른 파락호를 향해 몸을 날린 홍대승은 다시금 도를 뿌렸다.

"으악!"

그대로 허리를 베고 지나가는 금선도. 그리고 곧바로 홍대 승은 다른 파락호를 향해 몸을 돌렸다.

푸악!

홍대승이 몸을 돌리자 곧바로 베인 파락호의 허리에서 분수처럼 피가 솟구쳤다. 그리고 그 파락호는 그대로 쓰러져 다시는 일어서지 못했다.

그 장면을 본 나머지 두 명의 파락호는 겁을 먹었다. 더 이상 홍대승을 향해 달려들 생각도 하지 못하고 그대로 서서 부들부들 떨 뿐이었다.

공포심이 너무 강하여 도망칠 생각도 하지 못하고 다리가 그대로 바닥에 붙어 떨어지지 않는 것이었다.

"으아아아!"

그 순간, 파락호 둘 중 한 명이 그대로 뒤돌아 달리기 시작했다. 도망치는 것이었다.

홍대승은 달아나는 파락호를 신경 쓰지 않았다. 오로지 자신에게 겁을 먹고 사색이 된 파락호만을 바라볼 뿐이었다.

느렸다.

그냥 아무 일 없이 길을 걷는 것 같은 발걸음이었지만, 그것을 바라보는 파락호는 결코 그렇지 않았다.

그 어떤 발걸음보다도 무서운 발걸음이었다.

촤라라락!

푸시시시!!

단 한 번의 휘두름으로 서 있던 파락호의 목 윗부분이 사라졌다.

그리고 그 자리에는 엄청난 양의 피가 솟구쳐 오를 뿐이었다.

자신의 얼굴과 몸으로 떨어지는 피에 전혀 개의치 않는 표정으로 홍대승은 저 멀리 달려 도망가고 있는 파락호를 바라보았다.

제법 멀리까지 도망갔지만 그렇다고 해서 못 따라붙을 그런 거리는 아니었다.

파앗!

홍대승이 땅을 박찼다. 그리고 그의 신형은 빠른 속도로 도망치고 있는 파락호에게로 쏘아져 나갔다.

"헉! 헉!"

베어진 팔을 움켜잡은 채 파락호는 죽을힘을 다해 도망쳤다. 녹초가 된 상태였지만 신기하게도 다리는 계속해서 움직이고 있었다.

팔에서 오는 통증이 극심했지만 지금은 그것을 따질 때가 아니었다.

이승에서 계속 사느냐, 저승행 마차를 타느냐란 문제였기 때문이다.

오히려 통증은 아직까지 자신이 살아 있다는 증거이기도

했기에 반가운 마음마저 들었다.

스윽!

'어?'

그러던 어느 순간, 파락호는 자신의 팔에서 더 이상 통증이
느껴지지 않는다는 것을 깨달았다.

그에 파락호는 너무 피를 많이 흘리고 힘들어서 그렇다고
생각했다.

파락호는 홍대승이 따라오고 있는지 확인하기 위해 고개
를 뒤로 돌렸지만 이상하게 고개가 돌아가지 않았다.

대신 땅이 점점 눈과 가까워지는 것을 볼 수 있었다.

'이게……!'

무언가 말을 하려던 파락호는 그제야 자신의 목구멍에서
말이 나오지 않는다는 것을 깨달았고, 그것이 그의 이승에서
의 마지막이었다.

아니, 정확히 말하자면 목이 없는 채로 서 있는 자신의 몸
을 짧은 시간 동안 본 것이 마지막이었다.

어느새 따라온 홍대승이 뒤에서 소리 소문도 없이 파락호
의 목을 그어버린 것이었다.

마지막 파락호까지 죽자 홍대승의 눈에서 붉은 기운이 서
서히 사라졌다.

홍대승은 파락호를 내려다보았다.

모든 것이 또렷하게 머릿속에 남아 있었다. 예전에는 정신

을 차려보면 단편적인 기억들만 머리에 남아 있을 뿐이었다.

하지만 지금은 아니었다.

처음부터 모든 과정이 머릿속에 새겨져 있었다. 마치 이번 일은 자신의 의지로 이들을 죽인 것같이 느껴졌다.

아니, 자신의 의지로 죽인 것이었다.

문득 홍대승은 스스로가 자신이 죽인 사람들을 아무렇지도 않게 바라보고 있다는 사실을 깨달았다.

어느새 사람을 죽이고, 피를 보고, 시체를 보는 이 모든 과정이 익숙해지고 아무렇지도 않게 된 것이다.

스윽.

홍대승은 바닥에 널브러져 있는 시체들을 뒤로하고 터벅터벅 발걸음을 옮겼다.

상인모는 호남성 장사 부근에 있는 상담이라는 곳에서 광혈천마도의 소행으로 보이는 살인이 일어났다는 소식을 접하고는 달리는 속도를 더했다.

현재 자신이 있는 곳은 소동이라는 곳. 상담에서 연결된 관도는 이곳밖에 없다는 정보를 들었기에 하루 정도가 지나면 마주칠 수 있을 것 같았다.

점점 더 빠르게 뛰는 심장에 맞춰 달려가는 속도도 점점 높이는 상인모였다.

반면 운현은 광혈천마도의 정확한 위치와 그에 대한 소식을 바로바로 접하지 못한 채 발걸음만 빨리하고 있었다.

광혈천마도에 대한 소식을 곧바로 접하는 상인모와 그렇지 못한 운현.

그 차이는 점점 눈에 띄게 나타나고 있었다.

第三章
최악의 상황

　파락호들과 만난 이후로 홍대승은 다시 관도가 아닌 으슥한 곳을 골라 다니기 시작했다.

　어느덧 적응해 버린 살인이었지만 더 이상 손에 피를 묻히는 것은 싫었다.

　두려웠다.

　미칠 것 같았다.

　그럴 때마다 홍대승은 금선도를 꼭 쥐었다. 그리고 절대 놓지 않았다.

　점점 정신이 붕괴되어 가는 홍대승이었다.

'조금만 더! 조금만 더!'

광혈천마도와의 거리가 가까워 오면 올수록 상인모는 심장이 터질 듯 뛰는 것을 느낄 수 있었다.

마약과도 같은 흥분이 온몸을 휘감아오고 있었다.

그렇게 걷기를 한 식경. 그의 눈에 어떤 한 사람이 들어왔다.

생각보다 단정한 옷차림에 준수한 외모의 한 사람. 그는 상인모가 들었던 광혈천마도가 아니었다.

약간의 실망감을 가지고 그냥 길을 가려던 그때, 상인모의 눈에 그의 손에 들린 도 한 자루가 들어왔다.

'……!'

상인모는 안력을 돋우어 도를 다시 바라보았다. 자신이 들은 것이 맞다면 그 도에는 글자가 새겨져 있을 것이다.

금선도.

도에 새겨진 금선도라는 글자를 확인하는 순간 상인모는 너무 놀랍고 기뻐 소리를 지를 뻔했다.

하지만 겨우겨우 그것을 참았다.

자신의 소리를 듣고 그가 경계를 하거나 도망쳐 버리면 지금까지의 모든 수고가 수포로 돌아갈 수 있기 때문이었다.

상인모는 그저 지나가는 행인인 것처럼 행동하며 그에게

다가갔다. 그런 상인모의 행동 때문인지 그자 역시 큰 의심을
하지 않는 듯했다.

그렇게 점점 상인모와 홍대승의 거리가 일 장도 채 되지 않
는 거리로 좁혀졌다.

"광혈천마도인가?"

"……?"

상인모의 물음에 홍대승은 무슨 소리냐는 듯 그를 바라보
았다.

"역시……."

갑작스럽게 이름을 알리게 된 고수들은 자신이 어떠한 이
름으로 불리는지 잘 모를 때가 많다.

홍대승 역시 마찬가지로, 자신이 광혈천마도라 불린다는
것을 모르고 있었다. 상인모는 충분히 그럴 수 있다는 듯 고
개를 끄덕였다.

"자신이 어떤 별호로 불리고 있는지도 모르는 모양이군."

"별호?"

"그래. 광혈천마도, 그것이 당신의 별호다."

광혈천마도가 자신의 별호라는 말에 홍대승은 이상한 기
분이 들었다.

광혈천마도. 딱 들었을 때부터 무언가 으스스한 분위기가
풍겼다.

'광' 이니 '혈' 이니 '마' 니 하는 글자가 들어가 있으니 당

연했다. 별호가 생겼지만 좋아해야 할지 말아야 할지 갈피를 못 잡는 홍대승이었다.

"그것, 금선도가 맞겠지?"

움찔!

상인모의 말에 움찔한 홍대승이 금선도를 쥔 손에 힘을 주었다.

지금까지의 모든 사람들과 똑같다. 금선도에 관심을 보이고 금선도를 빼앗으려 했던 사람들과.

그 사람들은 어김없이 자신의 손에 목숨을 잃었다.

"도망치시오."

홍대승의 입에서 나온 말에 상인모는 어이없다는 듯 그를 바라보았다.

"내가? 왜?"

"지금까지 이 도에 관심을 가졌던 사람들은 모두 죽었소. 내 손에."

"그러니 죽기 전에 도망가라? 하하하!"

상인모가 크게 웃었다. 자신보고 도망가라고 한다. 지금까지 그가 상대했던 자들이 얼마나 강한 사람들인지는 모르겠지만 자신은 그들과 차원이 달랐다.

"과연 당신이 나를 죽일 수 있을까? 지금까지 당신이 만났던 삼류도 되지 않는 파락호들과 나는 다르다. 그리고 난 금선도를 꼭 가져가야 할 이유가 있으니 이대로는 못 물러나겠군."

상인모의 말에 홍대승이 인상을 찌푸렸다. 점점 심장이 요동치고 속에서 무언가가 꿈틀대는 것이 느껴졌기 때문이다.

"음……."

상인모 역시 홍대승의 미묘한 변화를 눈치 챘다. 굉장히 순진하게 생긴 사람. 성격 역시 모질지 못한 사람이었다. 살인과는 거리가 먼.

그런 그가 어떻게 그렇게 잔인하게 사람들을 죽여왔는지 의문을 가지고 있던 상인모는 홍대승의 변화에 고개를 끄덕였다.

"역시… 이런 식이었군."

상인모는 홍대승이 순진한 표정으로 방심을 불러일으킨 다음 상대를 죽인 것이라 오해하고 있었다.

금선도의 진정한 무서움을 모르기에 그런 오해를 할 수 있는 것이다.

"어쩔 수 없지."

상인모가 홍대승과 조금 더 거리를 벌린 후 자세를 잡았다.

자신보다는 약하겠지만 그래도 방심은 금물이라 다짐하는 상인모였다. 저절로 움켜쥔 주먹에 힘이 들어갔다.

아까와는 확실히 달라진 기도를 보이는 홍대승은 천천히 금선도를 늘어뜨렸다.

일정한 기수식이 없는 동작이었다.

상인모는 눈살을 찌푸렸다. 허점이 많은 자세였지만 섣불리 치고 들어가기 어려운 자세였다.

노림수가 있을지도 몰랐고, 치고 들어가면 금방이라도 반격을 해올 것 같은 거친 기도를 뿜어내고 있었기 때문이다.

마찬가지로 홍대승 역시 먼저 공격해 들어갈 생각을 못하고 있었다.

상인모가 한 말처럼 그는 지금까지 홍대승이 상대해 왔던 그 어떤 사람보다 강했기 때문이다.

이성은 약간 마비되었지만 본능이 그것을 알아차리고 있는 것이었다.

서로 눈치를 본 지 어느덧 일각이 지났다.

누구도 먼저 공격하지 못한 채 서로를 노려보며 식은땀만 흘리고 있었다.

그렇게 일각이 흐른 그때, 상인모가 선공을 취했다.

선수필승이라는 단어를 떠올리며 이를 악물고 공격을 감행한 것이었다.

상인모의 손이 빠르게 홍대승의 손목을 낚아채려 하였다.

어디까지나 그의 목적은 금선도이지 홍대승이 아니었기 때문이다.

상인모의 빠른 손놀림에 홍대승 역시 빠르기로 대항하였다.

지금까지 믿기 어려울 정도로 빠른 움직임을 보여왔던 홍

대승이기에 상인모의 빠르기에 크게 당황하지 않고 대응할
수 있었다.

금선도를 든 손을 재빨리 뒤로 빼면서 몸을 한 바퀴 돌린
홍대승은 그 힘을 그대로 이용하여 상인모의 옆구리로 발차
기를 날렸다.

하지만 육천룡문 최고수급 실력을 가진 상인모가 그리 호
락호락 옆구리를 내줄 리가 없었다.

그대로 오른 다리에 힘을 주어 땅을 박차고는 뒤로 몸을 빼
내었다.

위잉!

빠르고 강한 발차기가 공기를 찢으며 허공을 갈랐다.

그 소리에 잠시 식은땀을 흘리던 상인모는 재빨리 앞으로
튀어 나가며 잠시 흐트러진 홍대승을 향해 주먹을 내질렀다.

아무래도 제압을 하고 금선도를 빼앗아야 할 것 같았기 때
문이다.

옆구리 가격에 실패한 홍대승의 다리가 허공을 가르면서
그의 신형 역시 잠시 균형을 잃었다.

그 틈을 놓치지 않고 날아 들어오는 상인모의 권경을 느끼
며 홍대승은 그대로 바닥에 엎드렸다.

그 순간에는 어떻게 피할 방법이 없었다. 워낙 절묘한 순간
에 빠르고 강하게 날아든 권경이었기에.

바닥에 엎드려 권경을 피해낸 홍대승은 몸을 튕기듯 일으

커 세우고는 그대로 몸을 회전시키며 금선도를 상인모에게
휘둘렀다.

금선도의 날카로운 날이 자신의 목을 정확히 노리고 날아
들자 상인모는 아래에서 위쪽으로 손바닥을 쳐올렸다.

쩌엉!

상인모의 손바닥과 금선도의 도면이 맞부딪쳐 요란한 소
리를 냈다.

상인모의 손바닥과 충돌한 금선도는 원래의 목적을 달성
하지 못하고 허공으로 튕겨져 올라갔다.

"이얍!"

왼 손바닥으로 금선도를 쳐올림과 동시에 오른발을 앞으
로 뻗은 상인모는 내기를 끌어올린 오른손을 그대로 홍대승
의 가슴팍을 향해 뻗었다.

퍼억!

"끄윽!"

상인모의 일장을 허용한 홍대승이 신음 소리를 내뱉으며
뒤로 몇 발자국 물러섰다.

입에서는 선혈이 흘러내리고 있었고, 상인모의 일장에 맞
은 부분은 옷이 찢겨 나가면서 손바닥 자국이 선명하게 찍혀
있었다.

"크악!"

다시 한 번 피를 토하는 홍대승. 내상이 꽤나 심한 것 같았다.

"휴우……."

상인모가 한숨을 내쉬며 천천히 홍대승에게 다가갔다. 비교적 짧은 시간의 격돌이었지만 그의 강함을 충분히 알 수 있는 시간이었다.

피를 토하며 무릎을 꿇은 홍대승은 자신에게 다가오는 상인모를 바라보았다. 붉게 충혈된 두 눈이 더욱더 붉은 혈광을 뿜어내고 있었다.

뒤늦게 광혈천마도에 대한 소식을 접한 운현은 입에서 단내가 날 정도로 뛰고 있었다.

인명 피해가 늘어나는 것도 문제였지만 더 큰 문제 하나가 발생했기 때문이다.

육천룡문에서 나온 것으로 보이는 자가 광혈천마도에 거의 근접했다는 소식이었다.

운현은 다급해졌다.

사마궁의 존재를 모르는 운현은 곡해성이나 상인모 둘 중 한 명이 왔을 것이라 예상하고 있었다.

보타문의 천라지망을 뚫을 정도의 고수에 금선도를 가지고 있다면, 아무리 육천룡문이라 해도 아무나 보내지는 않았을 것이라 생각했기 때문이다.

상인모나 곡해성이 홍대승과 만나기 전이라면 충분히 막을 자신이 있었다.

이미 한 번 그들을 꺾은 적도 있고, 그동안 쉬고 있지만은 않았기 때문이다.

하지만 문제가 되는 상황은 이미 만났을 경우였다.

먼저 만났어도 광혈천마도가 금선도를 빼앗기기 전이라면 희망은 있었다.

하지만 빼앗긴 이후라면 심각한 상황이 발생할 것이다.

그들이 금선도를 빼앗았다 하더라도 사라지기 전에 마주쳐야만 했다. 그래야 죽여서라도 빼앗을 수 있기 때문이다.

제발 최악의 상황으로 흘러가지 않기를 바라며 운현은 더욱더 빨리 달렸다.

"헉! 헉!"

상인모는 거친 숨을 몰아쉬고 있었다. 그리고 눈은 동그랗게 떠져 있었다.

분명 자신의 일장을 맞고 곧 죽을 사람처럼 피를 토했던 그였다.

그런데 지금은 아무렇지도 않다는 듯 일어서서 자신을 공격하고 있는 것이 아닌가.

그 한순간의 방심이 지금의 이런 결과를 불러왔다. 그 상황이라면 어느 누구도 그랬겠지만 상인모는 자신을 책망했다.

하지만 어쩌겠는가. 지금은 자신을 책망하기보다는 눈앞

에 있는 적을 먼저 생각해야 했다.

"곱게 빼앗으려 했더니 안 되겠군. 죽여야겠어."

상인모가 호흡을 고르며 말했다. 밀리기는 했지만 아직은 심각한 타격을 입지 않은 상황이었다.

잠깐의 휴식으로 호흡을 고른 상인모는 다시금 마음을 독하게 먹고 상대를 바라보았다.

"빼앗아? 절대 그럴 수 없지. 금선도는 나에게 힘을 준다. 처음에는 괴롭던 살인이 이제는 조금씩 쾌락을 가져다주기도 하지. 그런데 나에게서 금선도를 빼앗아 가겠다고? 그렇다면 널 죽이는 수밖에."

그나마 남아 있던 이성으로 자신의 본성을 억누르고 부정하던 홍대승은 그 마지막 남은 이성마저도 날려 버렸다.

그동안 부정하고 있던 자신의 본능, 욕망, 쾌락.

그것에 온몸을 맡겨 버린 홍대승이었다. 이성이 금선도에 완전히 잠식당하는 순간이었다.

파앗!

이번에는 홍대승이 먼저였다. 아까까지는 처음 만나는 진정한 강자에 대한 두려움과 신중함이 있었지만, 지금은 그런 것이 없었다.

오로지 공격. 그리고 죽이겠다는 마음뿐이었다.

홍대승이 날카롭게 금선도를 휘둘렀다. 그러자 상인모는 내기를 양팔에 잔뜩 몰아 금선도를 막아갔다.

깡! 까가강! 까앙!

금속성이 울려 퍼졌다. 쉴 새 없이 몰아치는 홍대승과 정신 없이 막아내는 상인모.

어느 한쪽이 유리하다 말하기 어려운 공방전이 계속되었다.

그러나 아무리 본능에 맡긴 위력적인 공격으로 상인모를 몰아치고 있다고 하여도 그를 완전히 제압하기는 어려웠다.

둘 사이에는 결정적인 차이가 있었기 때문이다.

바로 고수와의 실전 경험이었다.

상인모는 육천룡문 내에서도 곡해성이라는 고수와 함께 경쟁 의식을 가지고 대련을 펼치며 경험을 쌓았고, 운현이라는 절대고수와도 겨뤄본 경험이 있었다.

반면 홍대승은 보타문 제자들과 겨뤄보기는 했지만 상인모 정도 되는 고수와의 결투는 아직 한 번도 해본 적이 없었다.

보타문 이후에는 그저 파락호들 몇 명과 싸워봤을 뿐, 제대로 된 경험을 한 적이 없었다.

그 작은 차이가 홍대승으로 하여금 상인모를 제압하지 못하게 하는 결정적인 요소로 작용하고 있었다.

그리고 그 차이는 점점 겉으로도 드러나기 시작했다.

퍼벅!

"크윽!"

홍대승의 파상 공세를 막아내기만 하던 상인모는 한순간

드러난 홍대승의 허점을 놓치지 않고 반격을 가했다.

이미 상인모에게 일장을 맞았던 곳을 또다시 주먹으로 가격당했다.

그 순간 비명을 지르며 몸을 뒤로 빼낸 홍대승의 온몸은 땀으로 범벅이 되어 있었다.

상인모는 여기서 그치지 않고 계속해서 홍대승을 몰아갔다.

아까 자신의 일장을 맞고도 멀쩡하게 움직였던 것을 생각하면 지금의 일권은 아무것도 아니었다.

지금의 싸움으로 또 하나의 경험을 쌓은 상인모였다.

운현은 불길한 마음을 감추지 못했다.

앞으로 달리고 또 달렸다. 광혈천마도와의 거리가 가까워지고 있다는 것을 본능적으로 느낄 수 있었다.

하지만 그럴수록 고개를 드는 불길한 예감은 운현으로서는 당황스러운 것이었다.

'설마… 이미 만났을까?'

처음부터 생각했던 상황. 운현은 세차게 고개를 내저었다.

'이러면 안 된다! 절대 그럴 리가 없어!'

그렇게 생각하며 달리는 운현의 마음속에는 여전히 불안감이 남아 있었다.

"헉! 헉! 헉!"

상인모는 거친 숨을 몰아쉬고 있었다. 그리고 그의 눈앞에는 두 다리가 잘려 더 이상 일어설 수 없는 상태가 된 홍대승이 쓰러져 있었다.

'거칠다. 하지만 강했다.'

정신을 잃은 홍대승을 잠시 바라보고 있던 상인모는 천천히 그에게 다가가 그의 손에 들려 있는 금선도를 쥐었다.

"우욱!"

금선도를 쥐자마자 알 수 없는 기운이 물밀듯이 몰려들었다. 마치 자신의 몸을 잠식하려는 듯이.

깜짝 놀란 상인모는 재빨리 구룡지기를 끌어올렸다. 금선도의 기운에 대항하려면 이 수밖에 없었다.

홍대승과 싸우기 전이라면 더욱더 수월했을 테지만 지금은 어느 정도 내력을 소모한 다음이라 매우 힘들었다.

게다가 금선도의 기운은 홍대승 한 명을 상대하는 것보다 더 많은 내력과 심력을 소모하게 만들었다.

"젠장! 이제 그만 좀 가라앉아라!"

상인모가 악에 받친 목소리로 소리쳤다. 절대 지지 않으려고 자기 자신에게 채찍질을 하는 소리였다.

그 순간, 신기하게도 금선도의 기운이 잠잠해지더니 상인모의 몸에서 빠져나가기 시작했다.

그리고는 언제 그랬냐는 듯 다시 금선도 안으로 흘러들어가 조용히 자리했다.

"놀랍군."

상인모가 놀란 표정으로 금선도를 바라보았다. 정말 대단한 물건이었다. 그리고 굉장히 위험한 물건이었다.

"일단은 조심스럽게 가지고 돌아가야겠군."

상인모는 서둘러 그 자리에서 벗어났다. 언제 운현이 나타날지 모르는 상황이었기에.

물론 자신의 실력도 예전에 비해서 늘었다고 자부했지만 아직까지 운현을 이길 수 있을지 없을지는 알 수 없었다.

그렇게 두 다리가 잘려 정신을 잃은 홍대승만 그 자리에 남겨둔 채 상인모는 사라졌다.

한 시진 후, 운현이 그 자리에 나타났다.

광혈천마도를 찾던 운현은 두 다리가 잘린 채 쓰러져 있는 사람을 보고 깜짝 놀라 그리로 다가갔다.

한시가 급한 상황이었지만 죽기 직전의 사람을 보고 그냥 지나칠 만큼 성격이 모질지 못한 운현이었다.

"이보시오! 정신 차리시오!"

운현이 소리쳤지만 그 사람은 이미 과다출혈로 정신을 차리지 못하는 상황이었다.

팟! 파팟!

운현은 재빨리 다리가 잘린 부분의 혈을 짚어 출혈을 막았다. 목숨이 위태로운 상황이기는 했지만 어쩌면 살릴 수 있을지도 몰랐다.

운현을 일단 그 사내를 안아 들었다. 다리가 없고 출혈이 심해서 그런지 굉장히 가벼웠다.

사내를 안아 든 운현은 재빨리 달렸다. 방금 전 자신이 지나온 마을에 의원이 있을 것 같았다.

한시가 급한 상황이기에 그 어느 때보다도 더 빨리 달리는 운현이었다.

운현은 모르고 있었다. 지금 자신이 안고 달리는 사람이 광혈천마도라는 사실을.

광혈천마도를 의원에 데려간 운현은 고개를 젓는 의원의 모습을 보고 안타까운 눈으로 사내를 바라보았다.

잘린 다리는 어찌어찌 치료할 수 있겠지만 출혈이 너무 심하여 살기 어렵다고 하였다.

"으음……."

"정신이 드시오?"

살기 어렵다는 말을 듣고 포기를 하고 있던 운현은 사내가 정신을 차리는 듯하자 반색을 하며 그에게 말을 걸었다.

"여… 기는?"

"의원이오."

의원이라는 운현의 말에 홍대승은 다시 눈을 감았다. 차라리 죽는 것이 더 나았을 것이라는 생각이 든 것이다.

"크윽!"

하지만 그 순간 가슴에서 느껴지는 엄청난 통증에 신음을 내뱉었다.

온몸에 기력이 하나도 없었고, 통증은 심하여 금방이라도 정신을 잃을 것만 같았다.

그제야 홍대승은 자신이 살아난 것이 아니라는 것을 알았다. 아직 살아 있지만 언제 죽을지 모르는 상황이라는 것을 깨달은 것이다.

"내… 이야기 좀… 들어주시오."

홍대승의 말에 운현은 고개를 끄덕이며 그의 곁에 앉았다.

운현이 자신의 곁에 앉자 홍대승은 천천히 자신의 이야기를 풀어놓기 시작했다.

"난 무이산 근처에 사는 나무꾼이었소."

그 말로 시작하여 자신이 지금까지 어떻게 살아왔는지부터 지금 왜 이 모양 이 꼴이 되어 있는지를 소상히 이야기하기 시작했다.

처음에는 그의 이야기를 들으며 안타까워하던 운현은 중반 이후부터 그가 지금까지 자신이 찾던 광혈천마도라는 것을 알고는 깜짝 놀랐다.

광혈천마도가 이 지경이 되었고, 금선도가 없다는 것은 육천룡문에서 먼저 손을 썼다는 말이었다.

운현은 이내 망연자실한 표정이 되었다.

불길했던 자신의 예감이 그대로 적중한 것이었다. 하지만 금방 그런 기색을 지우고 홍대승의 이야기를 들어주었다.

"죽고 싶소… 어머니가 보고 싶소……."

그렇게 중얼거리던 홍대승이 갑자기 허공을 향해 손을 뻗었다. 마치 무언가를 만지려는 듯.

운현은 가만히 그의 동작을 바라보고 있었다. 죽을 때가 다 되어 헛것이 보이는 것이리라.

"어머니……."

그렇게 중얼거린 홍대승은 미소를 지으며 그대로 눈을 감았다.

너무나도 편안해 보이는 미소에 운현은 슬며시 눈을 감았다.

불쌍한 사람이었다.

홀어머니를 모시고, 그 어머니를 편안하게 해드리기 위해서 열심히 살아온 한 명의 청년에게 너무나도 가혹한 운명이 지워진 것이었다.

"무량수불."

그렇게 조용히 숨을 거둔 홍대승을 보며 운현은 나직이 도호를 외웠다.

운현은 자리에서 일어났다.

벌써 하루가 지난 상황. 그렇다면 육천룡문의 사람은 벌써 멀리 가 있을 것이었다.

따라가기에는 조금 어려운 상황. 차라리 돌아가서 만반의 준비를 하는 편이 옳았다.

의원에게 돈을 주어 장례를 부탁한 운현은 서둘러 개방 분타를 찾아갔다.

자신이 소림에 도착하기 전에 이 소식을 먼저 그곳에 알려야 했다.

이를 악문 운현의 두 눈에 절망의 빛이 조금 담겨 있었다.

第四章
일촉즉발

운현의 서찰은 개방을 통해 빠른 속도로 소림으로 전달되었다.

그 서찰은 곧바로 청산에게 전달되었는데, 그 이유는 꼭 청산에게 전달하라는 운현의 당부가 있었기 때문이다.

그렇게 한 것에는 이유가 있었다.

일단 금선도에 대해서 아는 사람은 청산과 정 노인을 비롯한 그 일행들, 그리고 남궁훈과 모용강 정도였다.

그 외의 사람들은 금선도에 대해서 알지 못하니 자칫 이 일이 그들에게 알려지면 큰 혼란을 가져올 것 같았기 때문이다.

육천룡문과 어찌 대적해야 할지도 아직 정확하게 대책이

서지 않은 상황에서 절망적인 소식을 접하게 된다면, 이는 스스로 기름을 뒤집어쓰고 불구덩이 속으로 뛰어드는 것과 같았다.

운현의 서찰을 받아 소식을 들은 청산은 부들부들 떨고 있었다. 운현이 출발할 때부터 설마하면서 생각했던 일이 실제로 일어났기 때문이다.

"큰일이구나."

청산은 곧바로 자리에서 일어나 정 노인 등이 있는 곳으로 발걸음을 옮겼다.

청 노, 홍 노와 함께 다도를 즐기고 있던 정 노인은 갑작스런 청산의 방문에 놀란 표정을 지으면서도 반가워했다.

"어서 오시지요. 어쩐 일로 오셨습니까?"

"운현에게서 서찰이 도착했습니다."

운현의 서찰이라는 말에 정 노인과 청 노, 홍 노는 기대감이 어린 시선으로 청산의 손에 들린 서찰을 바라보았다.

하지만 이내 청산의 얼굴이 밝지 않다는 사실을 알아차리고는 긴장하였다.

광혈천마도는 죽었습니다. 그리고 금선도는 육천룡문에서 먼저 탈취했습니다. 비상입니다. 일단 이 일은 금선도에 대해서 아는 분들만 알고 계시고, 속히 육천룡문과의 싸움에 대비하여

주십시오.

　간략한 내용이었지만 들어 있어야 할 내용은 모두 들어 있었다.

　서찰을 받아 읽은 정 노인과 청 노, 홍 노 역시 청산과 별반 다르지 않은 반응을 보였다.

　"어떻게 이런 일이……!"

　정 노인이 믿을 수 없다는 듯 중얼거렸다. 청 노와 홍 노는 어떤 말도 하지 못한 채 입만 벌리고 있었다.

　"육천룡문과 싸울 대책은 나왔습니까?"

　"크게 계획이라고 할 것까지는 없습니다. 그저 정면으로 부딪치자는 의견밖에는……."

　청산의 말에 정 노인은 고개를 끄덕였다.

　육천룡문과 싸우는 데 다른 전략이 있을 수가 없었다. 정면으로 부딪쳐 싸우는 것이 위험한 일이기는 하지만, 그렇다고 해서 그들의 시선을 분산시킬 분타 같은 것이 있는 것도 아니었다.

　세력이 넓진 않지만 그 존재 자체만으로도 위력이 대단한, 그런 곳이 바로 육천룡문이었다.

　"일단은 운현이 돌아오기를 기다려야겠군요. 금선도를 지닌 육천룡문과 그렇지 않은 육천룡문을 상대하는 것은 방법을 달리 해야 할 것입니다."

"그렇겠지요. 아무래도 일이 복잡하게 꼬여가는 것 같습니다."

"최악의 상황이지요."

그들이 모인 방 안에서는 한숨만이 흘러나오고 있었다.

상인모는 쉬지 않고 달렸다. 자신이 문의 대업을 달성하는데 큰 몫을 했다는 것이 그를 흥분하게 만들었고, 그 흥분은 계속해서 달려도 지치지 않는 힘의 원천이 되었다.

금선도를 들고 가면 여섯 어르신이 자신을 어떻게 볼지, 그리고 곡해성과 사마궁이 자신을 어떻게 볼지를 떠올리면 더욱더 신이 났다.

그렇게 달린 상인모는 열흘 만에 사천성까지 당도하는 엄청난 일을 해내고 말았다.

상인모가 도착했다는 소식에 육천룡문은 들떠 있었다. 금선도를 탈취했다는 소식은 이미 하오문을 통해 육천룡문까지 전달되어 있었기 때문이다.

상인모가 정문을 통해 당당하게 걸어 들어가자 기다리고 있던 육천룡문의 무인들은 마치 영웅을 바라보듯 그를 바라보았다.

예상하지 못한 환대에 처음에는 당황해하던 상인모는 이내 그 분위기에 취해 진짜 자신이 영웅이 된 듯 당당하게 걸었다.

그리고 금선도를 위로 번쩍 들어 올려 보였다.

"우와아!!"

"금선도다!"

"대업이 눈앞이다!"

"상인모 만세!"

여기저기서 터져 나오는 찬사에 상인모는 구름 위를 걷는 듯한 착각을 일으켰다.

"어서 오너라."

"다녀왔습니다."

육천룡문 무사들이 양옆으로 도열하여 만든 길의 끝에는 그의 사부인 백성익을 비롯하여 여섯 노인이 서 있었다.

그리고 그 뒤로 곡해성과 사마궁도 함께 서 있었다. 상인모의 이러한 모습에 질투를 할 법도 하건만 곡해성은 진심으로 기뻐하는 모습을 보였다.

경쟁자이기는 하지만 어찌 되었든 문의 대업을 달성할 수 있게 되었으니 기뻐하지 않을 수 없었던 것이다.

"그것이 금선도이더냐?"

"예, 이것이 금선도입니다."

상인모가 금선도를 두 손으로 받쳐 들고 앞으로 내밀자 백성익이 금선도를 향해 손을 뻗었다.

순간 상인모는 움찔했다. 백성익이 금선도의 손잡이로 손을 가져갔기 때문이다.

금선도를 처음 잡았을 때 어떤 일이 벌어지는지 이미 잘 알고 있는 상인모로서는 순간 몸을 움찔하는 것이 당연했다. 하지만 그 이유 때문에 움찔한 것인지 갑자기 백성익이 가져가려 했기 때문에 움찔한 것인지는 상인모 자신도 미처 알지 못했다.

“오호~ 생각보다 평범하게 생겼군.”

“그러게 말이야.”

백성익은 금선도를 잡지 않았다. 다만 가까이 다가가서 바라볼 뿐이었다.

그 역시도 금선도로 손을 뻗는 순간 알 수 없는 기운이 자신을 붙잡으려 하는 것을 느꼈기 때문이다.

“이 물건은 일단 인모, 네가 봉인해 두거라. 생각보다 위험한 물건이구나.”

백성익의 말에 상인모는 금선도를 갈무리하며 고개를 끄덕였다.

“자! 오늘은 축배를 들자! 오늘 하루 정도는 저 빌어먹을 중원인들에 대한 원한을 잠시 접어두고 신나게 놀아보자!”

“와아아아아아아아아!”

백성익의 외침에 육천룡문 무사들이 일제히 환호성을 질렀다. 그동안 마음 놓고 즐겨본 적이 없었기 때문이다.

그들을 바라보는 여섯 노인의 입가에는 흐뭇한 미소가 번져 있었다.

　육천룡문의 무사들이 웃고 떠들면서 마시는 사이, 여섯 노인과 상인모, 곡해성, 사마궁은 한자리에 모여 있었다.
　다른 사람들은 놀아도 그들은 그럴 수 없는 위치에 있었다.
　"그래, 이제 금선도도 우리의 손에 들어왔다. 앞으로 어떻게 해야 하겠느냐?"
　백성익의 물음에 사마궁이 입을 열었다.
　"일단은 우리에게 대적하는 적들을 먼저 처리해야지요."
　"그냥 금선도를 세상에 풀어놓아도 되지 않겠느냐?"
　사마소의 물음에 사마궁은 고개를 저었다.
　"운현이라는 자는 구룡검의 주인으로서 금선도를 세상에 나오지 못하게 하고, 그것을 찾아 봉인하기 위한 운명을 가진 자입니다. 그가 살아 있는 한 금선도를 풀어놓아서는 안 될 것입니다."
　사마궁의 말에 여섯 노인은 고개를 끄덕였다. 기껏 금선도를 풀어 대업이 달성되려는 순간 운현이 나타나 방해를 하면 모든 것이 원점으로 돌아가는 셈이다.
　"그래. 그렇다면 저들을 상대할 방법은 있는 것이냐?"
　"물론입니다."
　자신있게 대답하는 사마궁의 모습이 여섯 노인에게는 더없이 듬직하게 느껴졌다.

“그래, 한번 듣고 싶구나.”

“예. 일단 현재 저들은 소림에 모여 있는 것으로 파악되고 있습니다. 우리의 존재를 알고 있으니 대책을 강구하기에 바쁘겠지요.”

“그렇겠지.”

“저들이 소림에 모여 오랜 시간 회의를 하고 머리를 맞댈 수 있는 이유는 바로 각 문파와 세가의 지원이 있기 때문입니다. 소림 자체로는 당장 그들이 먹을 끼니를 대는 것도 어렵지요.”

“그렇다면?”

“예. 이제부터 저희는 각 문파와 세가를 격파하여 그들을 고립시키는 것입니다. 주력이 살아 있어도 돌아갈 보금자리가 없다면, 그것은 공중에 떠 있는 것이나 마찬가지입니다.”

사마궁의 말에 여섯 노인은 감탄을 하며 고개를 끄덕였다. 굉장히 그럴싸한 전략이었던 것이다.

구체적인 전략은 사마궁의 머리에서 나왔지만 이는 곡해성이 없었다면 만들어질 수 없는 전략이었다.

중원의 문파와 세가에 정통하고 하오문의 정보력과 직접적으로 연계되어 있는 곡해성이 있었기에 구체적인 전략을 생각할 수 있었던 것이다.

이런 것을 생각하여 사마궁이 곡해성이 아닌 상인모가 광혈천마도를 만나러 가는 것이 좋겠다고 한 것이었다.

"그래, 그렇다면 너희들이 잘 알아서 추진해 보아라."

"알겠습니다."

백성익의 말에 사마궁이 고개를 숙이며 대답했다.

"그런데……."

자신의 말에 사람들의 시선이 집중되자 잠시 당황한 독고천은 이내 말을 이었다.

"광혈천마도라는 자는 어찌 되었느냐? 그 정도의 고수라면 우리에게 큰 힘이 될 수도 있었을 텐데."

독고천의 물음에 다른 노인들 역시 고개를 끄덕이며 상인모를 바라보았다.

"죽이지 않고는 금선도를 빼앗을 수가 없었습니다. 말로 회유할 수 있는 상황도 아니었고, 제가 고전할 정도로 강한 상대였습니다."

"그래? 그 정도로 강하더냐?"

"예, 금선도를 들고 있었기에 더욱더 그랬던 것 같습니다."

"음, 아쉽구나. 고수는 많을수록 좋은 법이거늘."

"저도 그렇게 생각했지만 어쩔 수가 없었습니다. 죄송합니다."

"아니다. 죄송할 것이 무에 있겠느냐. 돌아가서 쉬어라."

"예."

독고천의 말에 상인모와 곡해성, 사마궁이 자리에서 일어나 밖으로 나갔다.

그들이 나가고 여섯 노인 역시 다시금 들뜬 표정으로 돌아와 계속해서 금선도에 대한 이야기를 주고받았다.

소림으로 돌아온 운현은 곧바로 청산과 정 노인 일행, 그리고 남궁훈과 모용강을 불렀다.

적들의 손에 넘어간 금선도와 관련하여 논의를 하기 위함이었다.

"그 위험한 물건이 적들의 손에 넘어갔으니 큰일이군."

남궁훈의 말에 다들 고개를 끄덕였다.

"큰일이지요. 단순히 큰일이 난 것이 아니라 최악의 상황입니다."

최악이라는 운현의 말에 그 자리에 있는 사람들의 얼굴이 더욱더 굳어졌다.

"그들이 당장이라도 금선도를 풀어놓는다면 큰일이 아닌가?"

모용강의 말에 다른 사람들은 고개를 끄덕였지만 운현만은 고개를 저었다.

"아니, 왜 그런가?"

"제가 있기 때문입니다."

"자네가 있기 때문이라고?"

"예."

"자세히 듣고 싶군."

"그들의 목적은 금선도를 찾는 데 그치는 것이 아니라 금선도를 풀어 중원 천지를 피바다로 만드는 것입니다."

"그것은 충분히 들었네."

"그런데 지금 금선도를 세상에 풀어놓는다면 자신들의 뜻대로는 되지 않겠지요. 제가 금선도를 찾아 봉인시켜 놓을 테니 말입니다."

"그렇군. 자네가 없어야만 저들의 목적을 달성할 수 있겠어."

운현의 말에 남궁훈이 알겠다는 듯 고개를 끄덕였다.

"그렇다면 일단은 우리들이 일차 목표가 되겠군."

"그렇습니다. 저들에게 있어 우리는 적이라기보다는 장애물에 지나지 않습니다. 당연히 제거하려 하겠지요."

"하지만 우리의 힘을 무시하기는 어려울 텐데?"

"그렇겠지요. 그들도 방법을 생각할 것입니다."

"그렇겠지. 그전에 우리가 먼저 선수를 쳐야 할 터인데."

"그래야만 합니다."

운현의 말에 다들 고개를 끄덕였다.

"금선도에 대한 이야기는 어떻게 할 셈이냐?"

홍 노의 물음에 운현이 잠시 생각을 하더니 입을 열었다.

"그냥 사실대로 알리는 것이 나을 것 같습니다. 어차피 알아야 할 일이니, 이왕 대책을 강구하는 김에 함께하는 것이 좋을 것 같습니다.”

“음, 혼란이 가중되지 않겠느냐?”

“그렇겠지요. 하지만 그 사실에 혼란이 가중된다면 중원은 그대로 끝입니다. 이 점을 강조하여 최대한 안정시킬 생각입니다.”

“쉽지 않을 것 같구나.”

청산의 걱정 어린 말에 운현이 고개를 끄덕였다.

“제 힘만으로는 어렵습니다. 그러니 세 분이 힘을 보태주셔야 합니다.”

“물론! 그렇게 하겠네.”

“당연한 것 아니겠는가.”

모용강과 남궁훈이 힘차게 대답하자 운현은 천군만마를 얻은 것처럼 마음이 든직했다.

다음날, 운현의 요청으로 오전부터 회의가 소집되었다. 이른 시각이었지만 상황이 상황인만큼 불만을 토로하는 사람들은 없었다.

사람들이 하나둘씩 회의장에 들어섰고, 모두 모이자 운현이 일어서서 이야기를 하기 시작했다.

“이른 아침부터 선배님들을 모이게 하여 죄송합니다.”

“아니네. 그래, 할 이야기가 무엇인가?”

　옥허의 말에 운현은 고개를 한 번 끄덕이고는 입을 열었다.

　"여러분들께서 육천룡문과 관련되어 모르시는 것이 하나 있습니다."

　"모르는 것이라니, 그것이 무엇인가?"

　정보력 하나는 최고라는 개방 방주인 취걸개가 물었다. 자신들도 모르는 것이라니?

　"지금부터 말씀드리겠습니다. 육천룡문의 목적이 중원을 피바다로 만드는 것이라는 사실은 다들 알고 계시지요?"

　운현의 물음에 다들 고개를 끄덕였다. 그 때문에 위기의식을 느끼고 지금 이 자리에 모여 있는 것이니.

　"제가 지금부터 말씀드리고자 하는 것은 그 방법과 관련된 것입니다."

　"방법?"

　"예. 여러분들께서는 잘 모르시겠지만 세상에는 금선도라는 것이 존재합니다. 그 도는 보는 것만으로도 사람들로 하여금 탐욕을 불러일으키게 만들고, 심지어는 그것 때문에 피를 보게 만들 수도 있는 아주 무서운 물건입니다. 육천룡문은 그것을 찾아 세상에 풀어놓으려 하고, 저는 그것을 막으려 하고 있습니다."

　"세상에 그런 것이 존재한단 말인가?"

　"물론입니다. 광혈천마도를 들어보셨겠지요?"

뜬금없이 운현의 입에서 광혈천마도에 대한 이야기가 나오자 그 자리에 모인 사람들의 표정이 어리둥절해졌다.

"설마!"

광혈천마도에 대한 소식을 가장 먼저 접했던 취걸개가 무언가를 알아차린 듯 입을 열었다.

"맞습니다. 광혈천마도가 벌인 그간의 살행은 그가 금선도를 가지고 있었기 때문입니다. 그가 가진 금선도를 빼앗으려는 사람들로 인하여 벌어진 작은 살인이 엄청나게 큰 살행으로 번졌지요."

"그래서, 그 금선도라는 것은 어찌 되었는가?"

"육천룡문의 손에… 넘어갔습니다. 제가 한발 늦었더군요."

운현의 말에 다들 놀란 표정을 지었다. 그 위험한 물건이 적들의 손에 넘어갔다고?

"이럴 수가……."

망연자실한 표정을 짓는 사람들. 육천룡문의 존재 자체만으로도 버거운데, 이제 더 이상 어떻게 해야 할지 눈앞이 막막해지는 그들이었다.

"분명 작금의 상황이 안 좋은 상황이기는 하지만 이렇게 회의를 소집한 검존에게는 무언가 방도가 있을 것 같소이다만?"

옥허의 말에 사람들의 시선이 운현을 향했다. 하나같이 정

말이냐는 희망을 품은 눈빛이었다.

"솔직히 말씀드려서 뚜렷하게 떠오르는 방안은 없습니다."

"흠……."

운현의 말에 희망으로 가득 차 있던 사람들의 눈빛이 다시금 가라앉았다.

"하지만 적어도 이 점 하나는 분명히 말할 수 있습니다. 제가 살아 있는 한 저들은 금선도를 세상에 내놓지 못합니다."

"그것이 무슨 소리인가?"

취걸개가 물었다. 그러자 운현이 입을 열었다.

"아까도 말씀드렸다시피 저들의 목적은 금선도를 세상에 내놓아 중원을 피바다로 만드는 것이고, 저의 운명은 그것을 막는 것입니다. 그러니 그들의 목표를 달성하기 위해서는 제가 없어야겠지요."

운현의 말에 다들 고개를 끄덕였다. 운현이 없어야만 중원인의 씨를 말리려는 그들의 목적이 달성될 수 있을 것이었다.

"그렇기 때문에 저들은 일단 우리를 먼저 제거하려 할 것입니다. 우리가 사라지고 난 다음에야 저들은 금선도를 세상에 내놓겠지요."

운현의 말에 이번에는 제갈유풍이 물었다.

"하지만 만약 저들이 금선도를 세상에 내놓음과 동시에 우리를 치기 위해 움직인다면 어찌해야 하겠는가?"

“그럴 일은 없을 것입니다.”

확신하듯 대답하는 운현의 말에 제갈유풍은 이해할 수 없다는 듯 그를 바라보았다.

“금선도는 굉장히 위험한 물건입니다. 그것의 유혹을 이겨낼 수 있는 사람은 육천룡문 안에서도 몇 안 될 것입니다. 그렇기 때문에 금선도를 세상에 내놓고 자신들도 우리를 치기 위해 움직인다는 것은, 그들 스스로 폭탄을 안고 활동하는 것이나 마찬가지입니다.”

“음…….”

설마 육천룡문도 금선도의 유혹을 이겨내지 못할 것이라고는 생각지 못했기에 제갈유풍은 운현의 말을 듣고 고개를 끄덕였다.

“그렇다면 불행 중 다행이라 할 수 있겠군요.”

“그렇지요.”

“그렇다면 이제 어떻게 해야 하겠소?”

황보세가의 가주인 황보신위가 운현에게 묻자 운현이 간단하게 대답했다.

“싸워야지요.”

“그러니까 어떻게 싸워야 하느냐고 묻는 것이네.”

“싸우는 데 다른 방법이 필요합니까?”

운현의 말에 사람들은 답답하다는 듯 그를 바라보았다. 몇몇은 운현이 장난을 치는 것이라 생각하고 얼굴을 조금 붉히고 있었다.

“저들은 예전의 마교 총단에 웅크리고 앉아 세력을 확장하고 있지 않습니다. 당연히 지부 같은 것도 없지요. 그렇다면 우리가 공격할 곳은 한 곳밖에는 없습니다.”

“하지만 검존께서 말씀하신 것처럼 육천룡문의 힘은 지금 우리의 힘보다 더 강하지 않소?”

“꼭 강하다 말할 순 없지만, 이기기 어려운 것은 맞습니다. 그러니 정면 대결은 피해야겠지요.”

“정면 대결이 어렵다면 어찌해야 하오?”

“그것은 저보다는 제갈가주께 더욱더 좋은 묘책이 있으실 것 같습니다.”

운현이 제갈유풍을 바라보며 말했다. 갑작스럽게 자신에게 주제가 넘어오자 잠시 당황해하던 제갈유풍은 이내 입을 열었다.

“지금과 같은 상황에서는 저들의 힘을 분산시키는 수밖에 없겠지요.”

“분산이라고 한다면…….”

“거짓 소문을 퍼뜨려 저들의 일부를 다른 곳으로 유인하여 각개격파할 수도 있을 것이고, 아니면 실제로 우리가 서로 다른 경로로 저들을 공격하여 그들로 하여금 힘을 분산시키게 만드는 방법입니다. 너무 갑작스러워 구체적인 방법까지는 아직 생각하지 못했습니다.”

제갈유풍의 말에 다들 고개를 끄덕였다.

"이거 검존께서 직접적으로 회의에 나서시니 무언가 빨리 진행이 되는 것 같은 느낌입니다. 그럼 제갈가주께서는 되도록 빠른 시일 내에 구체적인 계획을 짜주시지요."

"그렇게 하겠습니다."

옥허의 말에 제갈유풍이 대답하자 아까까지만 해도 절망의 빛을 띠고 있던 사람들의 눈에 다시금 희망의 빛줄기가 번져 갔다.

"이상해… 이상해……."

무엇이 그렇게 이상한지 취걸개는 계속해서 이상하다는 말만 반복하고 있었다.

회의가 끝난 지 어느새 이틀이 지났다. 제갈가주와 그의 식솔들은 하루가 멀다 하고 육천룡문을 상대할 전략을 짜는 데 주력하고 있었다.

그리고 개방의 경우 육천룡문에 대한 정보를 모으는 데 주력했다.

그런데 며칠 전부터 육천룡문에 대한 정보가 조금씩 줄어드는 것 같은 느낌이 들었다.

처음에는 육천룡문이 별다른 움직임을 보이지 않기 때문이겠거니 했지만 지금은 그런 수준이 아니었다. 예전의 반절도 되지 않는 정보들만이 자신의 손에 들어오고 있는 것이었다.

“도대체 어찌 된 일이란 말인가!”

취걸개는 의아함을 감추지 못했다. 아무리 사소한 것이라도 빼놓지 말고 보고하라는 명을 이미 내려놓은 상황이었다.

이제 최후의 결전을 앞둔 상황에서 육천룡문이 이렇게 조용할 리가 없었다.

“아무래도 좀 알아봐야겠군.”

그렇게 중얼거린 취걸개는 소림의 산문을 나서 숭산을 내려갔다.

숭산에서 멀지 않은 곳에 있는 하남성의 성도 정주(鄭州). 그곳에는 개방 호남 분타가 있었다.

호남성은 소림의 영역인지라 개방 분타는 성도인 정주에만 있었다.

취걸개가 소림에 있다는 것은 알고 있었지만 갑작스럽게 방문할 줄은 몰랐던 분타주 장충수는 하던 일을 멈추고 취걸개를 모셨다.

“아무런 말씀도 없이 어쩐 일이십니까?”

“내가 못 올 곳에 왔냐?”

“아닙니다.”

자신의 사백이기에 장충수는 더욱더 조심스럽게 취걸개를 대하고 있었다.

"요즘 들어 이상한 점이 있어서 말이야."

"왜 그러십니까?"

"너는 못 느끼겠냐?"

취걸개의 물음에 장충수는 도저히 모르겠다는 듯 취걸개를 바라보았다.

"도대체 너 같은 놈을 왜 분타주 자리에 앉혔는지 도저히 모르겠다!"

취걸개의 큰 소리에 장충수는 저절로 목을 움츠리며 그를 바라보았다. 그런 장충수를 잠시 노려보던 취걸개가 천천히 입을 열었다.

"요즘 들어 육천룡문과 관련된 정보가 너무 적게 올라온다고 생각되지 않아?"

"네? 그렇습니까?"

장충수가 되묻자 취걸개는 머리가 아프다는 듯 인상을 찌푸리며 이마를 매만졌다.

"예전의 반절도 안 된다. 육천룡문이 이렇게 잠잠할 리가 없어. 조사 한번 해봐. 아무래도 심상치 않다."

"예! 알겠습니다!"

장충수가 힘차게 대답했다. 누구의 명령이라고 거역하겠는가.

"최대한 빠른 시일 내에 조사해야 한다. 하루 이틀 정도면 제갈가주가 육천룡문을 상대할 전략을 내놓을 것이고, 그렇게 되면 늦어도 닷새 안에는 적들을 치러 출정하게 될 것이야. 그러니 서둘러야 돼.”

“최대한 빨리 조사하도록 하겠습니다.”

장충수가 대답하자 취걸개가 자리에서 일어났다. 그 모습을 보고 장충수가 말했다.

“벌써 가시려고 하십니까?”

“그럼, 여기서 더 뻐기다 갈까? 맘에도 없는 소리 하지 말고 시킨 일이나 똑바로 해놔. 안 그러면 분타주 자리에서 잘라 버릴 거야.”

윽박을 지르고 나가는 취걸개를 보며 씁쓸한 미소를 짓는 장충수였다.

회의를 가진 지 삼 일째 되는 날, 다시 회의가 열렸다. 이번에는 제갈유풍이 소집한 회의였다.

회의장으로 향하는 장문인들과 가주들은 제갈유풍이 어떤 전략을 짜왔을지 기대 반 근심 반인 표정이었다.

“어서 오십시오.”

삼 일 만에 얼굴을 보인 제갈유풍은 초췌했다. 그만큼 힘들었다는 것이 여실히 느껴졌다.

“고생이 많으셨던 모양입니다.”

옥허의 말에 한 번 미소를 지어 보인 제갈유풍은 이내 좌중을 보며 회의를 진행하기 시작했다.

"전략을 짜면서 가장 부담스러웠던 것은 그들의 힘이었습니다. 어떤 식으로 붙어도 우리가 승리한다고 장담하기 어려울 정도로 말입니다."

제갈유풍의 말에 다들 이해한다는 듯 고개를 끄덕였다.

"일단 첫 번째 전략은 허위 정보 유출입니다. 저들이 하오문과 긴밀한 협조 관계를 구축하고 있다는 것은 이미 다들 아실 겁니다. 그런 그들의 뛰어난 정보력을 역으로 이용하는 것이지요."

"하지만 허위 정보를 유출한다 하여도 하오문 정도의 정보력이라면 오래는 속이지 못할 것이외다."

황보신위의 말에 제갈유풍이 고개를 끄덕이며 말을 이었다.

"물론 그럴 것입니다. 그러니 허위 정보를 유출하되 그들이 믿도록 만들어야지요. 이것이 바로 두 번째 전략입니다."

회의장에 모인 사람들은 도저히 무슨 말인지 모르겠다는 듯 어리둥절한 표정을 지었다. 그런 그들을 보며 미소를 보인 제갈유풍이 좀 더 구체적인 전략을 말하기 시작했다.

"현재 저들이 자리 잡고 있는 곳은 사천성 백옥이라는 곳입니다. 서장과의 경계선에 바짝 붙어 있는 곳이기도 하지요. 일단 사천성에 들어서면 그곳까지 가는 길은 두 갈래뿐입니다. 그리고 그 길의 시작은 모두 성도에서 시작하지요."

사람들은 숨소리도 내지 않은 채 제갈유풍의 말에 집중하고 있었다.

"우리가 이곳 하남에서 출정하면 하오문을 통해 곧바로 육천룡문으로 전달될 것입니다. 그렇다면 그들도 나름대로의 준비를 하겠지요. 사천성 밖으로 우리를 치기 위해 나올 수도 있을 것이고, 사천성 안쪽까지 우리를 끌어들일 수도 있을 것입니다. 어느 쪽이든 저희가 바라는 쪽으로 될 겁니다."

"하지만 그것은 허위 정보가 아니지 않소?"

"그다음이 중요합니다. 사천으로 출발하는 것은 그들을 치기 위한 병력이 아닙니다. 이백여 명 정도의 인원이 사천으로 출발하는데, 이곳 하남에서 섬서를 거쳐 사천으로 들어갑니다."

"그들을 치기 위한 병력이 아니라고요?"

이번에는 운현이 물었다.

"그렇다네. 그리고 나머지 인원들은 하오문의 이목을 속여가며 하남에서 호북을 통해 사천으로 들어갑니다. 여기서 개방의 역할이 굉장히 중요합니다."

제갈유풍의 말에 취걸개가 자세를 바로하며 그를 바라보았다.

"말씀만 하시게."

"하오문의 위치를 정확히 파악해 주시고, 미리 호북성의 하오문의 분타들을 쳐야 합니다."

"그들의 눈과 귀를 멀게 하겠다는 뜻이군."

“물론입니다. 하오문에 감정이 있는 것은 아니지만 우리의 적과 한 배를 탔으니 어쩔 수 없는 일입니다.”

“알겠소이다.”

드르륵!

그때 회의장 문이 열리며 거지 한 명이 들어왔다. 허리에 맨 매듭이 세 개인 것으로 보아 하남 분타에서 일하는 삼결 제자인 듯했다.

아무런 말도 없이 무림의 명숙들이 있는 회의장에 불쑥 들어오는 무례한 행동을 했지만 그 거지는 곧바로 취걸개에게 다가가 귓속말로 무언가를 속삭였다.

삼결 제자의 말을 들은 취걸개의 눈이 부릅떠졌다. 그에 그 자리에 모인 사람들은 도대체 무엇 때문에 그러는 것인지 궁금함을 참지 못했다.

“무슨 일이오?”

옥허의 물음에 취걸개가 입을 열었다.

“일단 개방 제자의 무례함을 용서해 주시기 바랍니다. 하지만 워낙 사안이 급합니다.”

취걸개의 표정이 심상치 않았기 때문에 다들 고개를 끄덕이며 이어질 말을 기다렸다.

“사천으로 이어지는 호북성과 섬서성의 소규모 개방 분타들이 그동안 조용히 제거되고 있었습니다! 그것뿐만이 아니라……..”

취걸개가 말을 흐리자 다들 긴장한 표정으로 그를 바라보았다.

"지금 육천룡문의 병력이 호북의 무당, 감숙의 공동, 그리고… 안휘의 남궁가로 향하고 있소이다."

취걸개의 충격적인 말에 다들 잠시 아무런 말도 하지 못하고 그저 멍하니 그를 바라보고만 있었다.

"이럴 때가 아닙니다!"

남들보다 조금 먼저 정신을 차린 운현이 소리쳤다. 그제야 사람들은 정신을 차리고 우왕좌왕하기 시작했다.

특히나 제갈유풍의 경우 어떻게 해야 할지 재빨리 머리를 굴리고 있었다.

"선수는 그들이 먼저 쳤습니다! 우리의 병력이 이곳에 있다 하여도 본파가 당한다면 그대로 끝입니다! 서둘러 병력을 이끌고 돌아가야 합니다!"

"제기랄!"

남궁훈이 벌떡 자리에서 일어났다. 사천성에서 안휘성까지는 굉장히 먼 거리다. 그런데 어떻게 개방의 이목을 속이고 접근할 수 있단 말인가!

남궁훈뿐만이 아니라 청산과 공동파 장문인인 경면천 역시 자리에서 일어났다. 꾸물거릴 시간이 없었다.

"제갈가주께서는 개방의 도움을 받아 현재 상황을 정확히 파악해 주시고, 새로운 전략을 짜주시기 바랍니다. 저는 일단 무당으로 떠나겠습니다.”

“알겠습니다.”

냉정을 찾은 제갈유풍이 고개를 끄덕이며 대답했다. 모용세가는 남궁가를 돕기 위해 함께 움직였고, 황보세가는 공동파를 돕기로 했다.

악가의 경우에는 무당을 돕기 위해 이미 준비를 끝내고 있는 상태였다.

육천룡문과 정파연합의 마지막 싸움에 불이 붙었다.

第五章
점화

　　운현과 청산을 비롯한 무당파 병력과 악규영을 비롯한 악가 병력, 그리고 정 노인 일행은 서둘러 무당으로 출발했다.

　　개방의 정보에 의하면 섬서성 석천(石泉)을 막 지났다고 하니 더욱더 서둘러야 했다.

　　하루에서 하루 반나절이면 균현에 도착할 수 있는 거리였기 때문이다.

　　"아무래도 안 되겠습니다! 제가 먼저 가서 막고 있겠습니다!"

　　"안 된다!"

　　운현의 말에 청산이 소리쳤다.

"이대로는 늦습니다! 그들이 균현에 도착하기 전에 길목을 차단하여 막아야지요! 이 일을 할 수 있는 사람은 저밖에 없습니다!"

운현의 말에 청산은 고개를 저었다. 다시 제자를 위험에 빠뜨리고 싶지 않은 그였다.

"사부!"

운현이 다시 한 번 청산을 향해 소리쳤다. 그리고 그 순간 청산의 눈에 운현이 새삼스럽게 보였다.

'이 녀석이 이렇게 컸던가!'

여느 때와 다르게 운현이 커 보였다. 그러고 보면 이미 자신의 울타리에서 벗어난 것도 오래전이었다.

"좋다! 가라! 대신 목숨이 위험할 상황이 되면 후퇴해라! 뒤에 우리가 버티고 있겠다!"

"알겠습니다!"

힘차게 대답한 운현이 빠른 속도로 앞으로 달려나갔다. 그것을 본 무당과 악가의 무사들은 탄성을 질렀다. 인간이 낼 수 있는 속도가 아니었다.

하지만 그런 운현을 바라보는 초가인과 정미현의 눈은 달랐다. 마치 이번이 마지막인 양 멀어져 가는 운현의 뒷모습을 두 눈에 새기고 있었다.

무당파로 향하는 육천룡문 병력을 이끌고 있는 자은 사마궁이었다. 그리고 그의 곁에 낯익은 얼굴이 한 명 더 있었다.

마교 교주 방일원. 곡해성에게 대법을 시술받아 이지를 제압당한, 바로 그 방일원이었다.

원래 무당으로 가기를 원한 사람은 상인모와 곡해성이었다. 당한 것이 있기에 갚고자 했던 것이다.

하지만 결국에는 사마궁이 가게 되었다. 반드시 성공해야 한다는 그의 말 때문이었다.

곡해성과 상인모가 간다면 성공할지 못할지 장담하기 어렵겠지만 사마궁이라면, 거기에 대법을 시술받은 방일원이 합세한다면 절대 지지 않을 것이었다.

이러한 사마궁의 말 때문에 상인모와 곡해성은 물러섰다. 하여 상인모는 공동으로 향했고, 곡해성은 남궁가로 향하고 있었다.

"이제 곧 호북성입니다."

"그래? 그럼 좀 더 빨리 달려볼까? 속도를 높여라!"

사마궁의 명령에 육천룡문의 무사들이 빠른 속도로 달려 앞으로 나아갔다.

그렇게 얼마를 달렸을까. 호북성을 막 넘어선 시점에 누군가가 눈에 들어오기 시작했다.

관도 한가운데 서서 검을 늘어뜨리고 자신들의 앞을 가로막고 있는 존재. 바로 운현이었다.

"멈춰라!"

사마궁의 명령에 육천룡문 무사들이 그 자리에 딱 멈추었다. 그리고 앞을 바라보았다.

"검존입니까?"

"그렇다. 너는 누구인가? 육천룡문에서 온 사람인가?"

"그렇습니다."

사마궁의 말에 운현은 그를 바라보았다. 처음 보는 사람이었다.

"곡해성이나 상인모일 줄 알았는데 아니군."

그들은 아니었지만 눈앞에 있는 자가 그들보다 더 강하면 강했지 결코 약하지 않다는 것을 운현은 느낄 수 있었다.

꿀꺽!

운현은 침을 삼켰다. 그리고 구룡검을 쥔 손에 힘을 주었다.

"그대가 나를 상대할 것인가?"

"아닙니다. 벌써부터 힘을 뺄 이유가 없지요. 대신!"

그 말과 함께 방일원이 앞으로 나섰다. 방일원을 처음 보는 운현이지만 그가 누구인지 알 수 없었다. 하지만 그 역시도 강하다는 것을 알 수 있었다.

"마교 교주라면 불만 없겠지요?"

"방일원!"

사마궁의 말에 운현이 놀라 소리쳤다. 설마하니 마교 교주가 아직까지 살아 있을 것이라고는 생각도 못하고 있었던 것이다.

게다가 상태도 뭔가 좀 이상했다.

"설마……."

"기억하시는군요. 곡 형이 대법을 시행했습니다. 실력이 한층 더 높아진 마교 교주이니 몸조심하셔야 할 겁니다."

운현은 절로 이마에서 식은땀이 흘렀다. 강자가 둘이다. 그리고 뒤에는 육천룡문 무사들까지.

차라리 육천룡문 무사들을 먼저 상대하는 편이 훨씬 나았다. 고수 두 명은 남겨둘지언정 적의 수는 줄일 수 있으니.

그런데 방일원을 먼저 내보내는 것을 보면 사마궁 역시 머리가 좋은 자라는 것을 알 수 있었다.

잠시 생각하는 사이 방일원이 운현에게 달려들었다. 이지를 상실한 그에게는 운현이 적이라는 것과 그를 죽여야 한다는 사실만이 머릿속에 가득 차 있을 뿐이었다.

쾅!

운현은 급히 검을 들어 방일원의 공격을 막았다. 엄청난 충격이 구룡검을 타고 운현의 팔로 전해졌다.

"큭!"

고통과 함께 운현은 속으로 혀를 찼다. 선수를 빼앗겨 버린 것이었다.

고수와의 싸움에서는 어느 쪽이 먼저 승기를 잡느냐 하는 것이 굉장히 중요한데, 그것을 상대에게 빼앗겨 버린 것이었다.

방일원은 쉴 새 없이 운현을 몰아쳤다. 무조건 강한 공격만 가하는 것이 아니라 빠르면서도 어떤 때에는 부드럽게 운현을 공격해 갔다.

이지를 상실했어도 그 자신의 무공은 역시나 뛰어났다.

운현은 어지러울 정도로 자신을 몰아치는 방일원의 공격에 정신을 차릴 수가 없었다.

하지만 용케도 어느 한곳도 일격을 당하지 않고 잘 막아내고 있었다.

사마궁이 보기에도 대법을 시술받은 방일원의 무위는 대단했다.

구룡지기를 지니지 않은 사람이 그 정도로 뛰어난 무위를 가질 수 있다는 사실에 사마궁은 놀라고 있었다.

그런 그가 놀라는 또 한 가지 이유는 바로 운현이었다. 자신을 놀라게 한 방일원의 막강한 공격을 생채기 하나 없이 모두 막아내고 있었기 때문이다.

곡해성이나 상인모로부터 운현에 대한 이야기를 듣기는 했지만 이 정도일 줄은 몰랐던 것이다.

방일원을 상대하는 운현의 이마는 땀으로 흥건히 젖어 있었다.

어떻게 해서든 지금의 전세를 뒤바꿔야 하건만 상대는 그럴 틈도 주지 않고 공격해 오고 있었다.

방일원의 손이 운현의 안면을 향해 날아들었다.

딱 보기에도 무시무시한 기세를 담고 있어 쉽게 피할 수 있는 공격이 아니었다.

반 시진째 계속해서 이렇게 위력적인 공격을 뿌려대는 방일원을 보며 운현은 속으로 계속 감탄하고 있었다.

콰콰!

운현의 내기를 담은 구룡검이 방일원의 손과 부딪치며 폭발음을 내었다.

그 엄청난 소리에 육천룡문 무사들 몇 명이 귀를 막을 정도였다.

주르륵.

순간 사마궁의 눈이 크게 떠졌다. 처음으로 방일원이 뒤로 밀렸던 것이다.

잠시의 틈을 번 운현은 이 기세를 몰아 방일원에게 달려들기 시작했다.

쉬쉬쉭!

운현의 검이 공기를 가르며 빠른 속도로 방일원을 노리고 날아들었다.

한 번에 열 곳의 요혈을 노리고 날아드는 운현의 공격은 방일원의 몸을 꿰뚫고 날아갈 듯 보였다.

콰콰!

“크윽!”

운현의 공격을 재빨리 주먹을 휘둘러 막아내던 방일원이 신음을 흘렸다.

아홉 번의 공격은 막아내었지만 마지막 한 번의 공격이 그의 옆구리를 스치고 지나간 것이었다.

정확하게 맞았다면 옆구리가 꿰뚫리는 중상이었겠지만 그나마 자신의 주먹에 맞아 굴절이 되어 스친 것이었다.

운현으로서는 굉장히 아쉬운 순간이 아닐 수 없었다.

하지만 지금 공격이 실패로 돌아갔다고 해서 아쉬워하고 있을 수만은 없는 상황이었다.

이를 악문 운현은 다시금 방일원을 향해 밝게 빛나는 구룡검을 휘둘렀다.

청산이 이끄는 무당파 제자들과 악규영이 이끄는 악가 무사들이 무당산에 도착했을 때에는 아직 육천룡문이 당도하지 않은 상황이었다.

그 상황을 보고 청산은 운현이 걱정되기 시작했다.

아직 그들이 이곳에 당도하지 않았다는 말은 이 시간까지 운현이 그들을 막고 있다는 말과 같았기 때문이다.

무당에 있는 모든 사람들이 운현을 걱정하고 있었다. 특히나 정미현과 초가인의 경우 그 걱정은 다른 사람들보다 더 컸다.

“문주님! 운현 사형이 돌아오고 있습니다!”

무당산 밑에까지 내려가서 운현을 기다리고 있던 운진이 무당파로 들어서며 소리쳤다. 그러자 애타게 운현을 기다리고 있던 사람들은 속으로 안도의 한숨을 내쉬었다.

“어떠하더냐? 멀쩡하더냐?”

“예! 다행히 무사하신 것 같습니다!”

운진의 말에 다시 한 번 탄성이 터져 나왔다. 육천룡문의 병력이 이곳으로 향하고 있다면 결코 적지 않은 인원과 무력을 앞세웠을 터. 그런 그들을 막고도 다치지 않았다는 말에 운현의 대단함을 다시 한 번 생각하게 된 사람들이었다.

“적들을 맞을 준비를 하라!”

“예!”

무사들이 힘차게 외쳤다. 운현이 돌아오고 있다는 소식에 절로 힘이 솟는 그들이었다.

일각 정도의 시간이 흐른 뒤 운현이 무당파로 들어섰다. 많이 지친 모습이기는 했지만 그래도 큰 부상 없이 돌아왔다.

“수고했구나.”

“아닙니다. 운기를 좀 해야겠습니다.”

“그래, 알겠다.”

운현이 청산과 짧은 대화를 나누고는 서둘러 자신의 거처로 돌아갔고, 그 뒤를 정미현과 초가인이 따랐다.

자신의 방으로 돌아온 운현은 곧바로 가부좌를 틀고 앉았다. 정미현과 초가인이 뒤따르고 있다는 것을 알고 있었지만, 한시라도 빨리 운기를 하지 않으면 안 되는 상황이었다.

곧바로 가부좌를 틀고 눈을 감는 운현을 보며 조금은 야속한 마음도 들었지만, 지금이 어떤 상황인지 알고 있기에 운현이 눈을 뜰 때까지 기다리는 그녀들이었다.

방일원과의 싸움은 의외로 싱겁게 끝났다. 조금 무리를 하여 전세를 뒤바꾼 운현은 그대로 방일원을 몰아쳤다.

그리고 정확하게 맞추지는 못했지만 옆구리에 상처를 입히면서 방일원은 급속도로 무너지기 시작했다.

대법으로 내공의 양이 증진되어 무공의 위력은 강해졌다고 할 수 있었지만 실제로 무공이 발전한 것은 아니었기 때문이다.

위력 속에 감추어진 초식의 미숙함이 방일원으로 하여금 급속히 무너지게 만드는 결정적인 역할을 한 것이었다.

물론 마교 교주 정도 되면 초식의 숙련도는 극에 달했다고 할 수 있었다.

하지만 실전을 치러본 것이 꽤 오래된 데다가 이지를 제압당하면서 정상적인 사고를 할 수 없게 되어 항상 무리에 대하여 생각하던 것이 멈추었기 때문에 이런 상황이 벌어진 것이다.

어찌 되었든 방일원은 무너지기 시작했고, 운현은 그런 그를 비교적 쉽게 물리쳤다.

하지만 극심한 내력의 소모는 어쩔 수 없었다.

상대가 스스로 무너진 면이 없지는 않으나 초반 공격을 막고 전세를 메꾸기 위해 펼친 공격으로 내력 소모가 많았던 것이다.

게다가 자신의 공격으로 적이 쓰러지기는 했지만 그동안에 소모된 내공은 지금까지 상대한 그 어떤 적들과의 싸움보다 많았다.

방일원이 쓰러지자 사마궁의 표정이 일그러졌다.

방일원이 대단하다는 것은 자신의 눈으로 직접 보았기에 충분히 알고 있었다. 그런데 그런 방일원을 쓰러뜨린 사람이 적으로 있으니 어찌 인상을 쓰지 않을 수 있겠는가.

방일원을 쓰러뜨린 운현은 곧바로 뒤로 돌아 무당으로 달리기 시작했다.

도망.

육천룡문의 입장에서 보면 그렇게 보일 수 있는 행동이었다.

천하의 검존이 등을 보이고 도망친다. 기쁘기보다는 일순 황당함이 먼저 앞서는 그들이었다.

사마궁 역시 마찬가지였다. 무언가 말이라도 하거나 덤비기라도 할 줄 알았건만 아무런 말도 없이 도망이라니.

짧은 순간이었지만 운현은 이미 저 앞으로 달려나가고 있었다.

사마궁은 그런 운현을 쫓을 생각도 하지 못했다.

방일원이 죽고, 운현은 멀쩡하게 돌아갔다. 자신들만 손해를 본 것이었다.

"이곳에서 하루를 쉰다!"

"예!"

사마궁의 명령에 육천룡문 무사들이 힘차게 대답하며 노숙 준비를 하기 시작했다.

그러는 사이 운현이 사라진 쪽을 바라보는 사마궁의 두 눈은 퍼렇게 빛나고 있었다.

운현이 눈을 뜬 것은 한 시진이 조금 넘은 후였다.

대주천의 경로로 운기를 하게 되면 꼬박 하루 이상이 걸리기 때문에 소주천의 경로로 세 번을 돌리고서야 눈을 뜬 것이었다.

눈을 뜬 운현은 자신의 앞에 앉아 있는 정미현과 초가인을 바라보았다.

"괜찮아요?"

"괜찮아."

정미현의 물음에 운현이 빙긋 웃으며 대답했다. 운현의 미소를 본 정미현과 초가인은 안도의 한숨을 내쉬었다.

"다행이에요. 적들을 홀로 막고 이렇게 멀쩡히 돌아오시다니."

육천룡문의 힘을 가장 잘 알고 있는 초가인이 대단하다는 듯 운현에게 말했다. 하지만 운현은 고개를 저으며 대답했다.

"아직 제대로 막은 것은 아니야. 다만 시간을 조금 벌었을 뿐이지. 하마터면 상대의 계략에 내가 휘말릴 뻔했고."

"상대가 누구였는데요?"

"잘 모르는 사람이었어. 곡해성도 아니었고, 상인모도 아니었고."

운현의 말에 잠시 생각을 하던 초가인의 얼굴이 조금씩 굳었다.

"설마……."

"응?"

초가인의 반응이 심상치 않자 운현과 정미현이 그녀를 바라보았다.

"제 짐작이 맞다면 운 대가는 위험에 처할 뻔했어요."

"아! 그자의 실력도 대단해 보였어. 합룡기를 이룬 나에게 필적할 정도로."

"그런 자라니!"

정미현이 놀라 소리쳤다. 합룡기는 절대무적의 경지처럼 일컬어지는 전설이다.

그런데 합룡기를 이룬 운현에 필적한다면 상대 역시 합룡기를 이루었다고 보아야 옳았다.

"하지만 운 대가가 한 가지 유리한 점은 그 사람은 합룡기를 이룬 것이 아니라는 점이에요."

"응?"

자신이 느끼기에 사마궁은 곡해성이나 상인모보다 강했다. 그리고 그들은 자신들이 합룡기를 이루었다고 했다.

그런데 어찌 사마궁이 합룡기를 이룬 것이 아니라 할 수 있을까?

"저도 곡 사형이나 상 사형이 합룡기를 이룬 것이라 생각했어요. 운 대가를 보기 전까지는."

"그런데?"

"사형들은 합룡기를 익힌 것이 아니에요. 그저 서로 다른 세 가지 기운을 몸속에 가지고 있을 뿐이지요. 잘 생각해 보세요. 대가께서는 알 수 있을 거예요."

그녀의 말에 운현은 가만히 곡해성과 상인모의 기운을 떠올려 보았다.

확실히 세 가지 기운이 느껴졌다. 하지만 자신의 합룡기와는 느낌이 달랐다.

자신이 이룬 합룡기는 황룡기, 적룡기, 청룡기와 전혀 다른 성질을 가진 기운이었다.

"그랬군."

운현이 중얼거렸다.

"하지만 그 사람은 조심해야 합니다. 강하지요. 곡 사형이나 상 사형은 그의 발끝도 쫓아가지 못합니다."

"그 정도인가? 이름은 뭐지?"

"그자의 이름은 사마궁입니다."

다음날, 중원 전역에는 엄청난 소식이 퍼져 나갔다.

무당을 제외한 공동파와 남궁가가 패퇴했다는 소식이었다. 개방의 눈을 피해 그들의 본거지를 친 육천룡문의 계략에 중원의 모든 이들은 경악을 금치 못했다.

남궁가로 향했던 남궁가 병력과 모용가 병력이 당도하기도 전에 남궁세가가 불타 없어진 것이었다.

공동파의 경우에는 더욱 처절했다.

때맞춰 도착하기는 했지만 결과는 전멸이었다.

공동파와 황보세가의 전멸.

이 소식은 육천룡문의 무서움을 중원 천지에 알리는 아주 좋은 계기가 되었다.

게다가 지금 육천룡문의 정예라고 할 수 있는 병력이 무당파가 자리 잡은 균현 근처에 당도해 있었다.

남궁가가 당하고 공동파가 당했다는 소식에 애도할 틈도 없이 검을 쥐고 적들을 맞아야 하는 것이었다.

"긴장을 풀어라!"

누군가가 외쳤다. 하지만 긴장은 풀라고 해서 풀어지는 것이 아니었다.

동료들도 당했다는 불안감, 그리고 강한 적들에 대한 두

려움.

이 두 가지가 뒤섞여 몸을 경직시키고 있었다.

"걱정 마십시오. 우리가 이길 겁니다."

운현이 말했다. 작은 목소리였지만 그의 목소리는 무당파에 있는 무인들의 귀에 쏙쏙 들어갔다.

운현의 말 때문일까?

무인들의 몸에서 조금씩 힘이 빠지고 있었다. 그렇다고 너무 풀어지지도 않은 상태.

자신의 본신 실력을 모두 드러낼 수 있는 최적의 상태가 된 것이었다.

단순한 한마디였지만 운현의 말 한마디는 사람들에게 이런 효과를 줄 정도로 대단한 것이었다.

"적들이 옵니다!"

"가자!"

적들이 온다는 척후병의 외침에 무당파 제자들과 악가의 무사들이 무당산을 내려가기 시작했다.

삼백 명이 넘는 인원이 일사불란하게 무당산을 내려가는 모습을 보고 있노라니 대단한 위엄이 느껴졌다.

운현은 제일 앞에 서서 내려가고 있었다.

그리고 그 곁에는 청산과 악규영, 그리고 갈염천과 운진 등이 함께 내려가고 있었다.

나름대로 지금 상황에서 실력이 가장 뛰어난 그들이 앞장을 서니 뒤에서 따라가는 무사들은 왠지 힘이 났다.

정 노인과 청 노, 홍 노는 정미현, 초가인 등과 함께 중간쯤
에 일반 무사들과 섞여 내려가고 있었다.

혹시 적들이 중간 부분을 가르고 들어올 경우에 대비하기
위함이었다.

곡해성이나 상인모, 사마궁이라면 노인들이 막기 어렵겠
지만 육천룡문의 일반 무사들이라면 노인들과 정미현, 초가
인이 충분히 막아낼 수 있었다.

나름대로 만반의 준비를 하고 내려가는 것이었다.

운현 일행이 무당산을 거의 다 내려갔을 즈음, 사마궁이 이
끄는 육천룡문의 병력 역시 무당산에 거의 다 도착해 있었다.

꽤나 많은 수의 병력. 보는 것만으로도 겁이 날 정도였다.

두 세력이 서로를 마주 보며 대치하게 되자 그 중간에는 알
수 없는 기운들이 부딪치기 시작했다.

투기, 살기, 의기, 내공 등.

서로를 향해 쏘아 보내는 이러한 기운들이 허공에서 충돌
하여 대기를 불안정하게 만들고 있었다.

"적이군."

사마궁이 짧게 말했다. 그 한마디에 육천룡문 무사들은 전
투 태세를 갖추었다.

"죽여라."

"우와아아아!"

사마궁의 명령에 육천룡문 무사들이 일제히 앞으로 달려 나갔다.

무시무시한 기세.

그들의 발걸음은 지축을 울리고 있었고, 그들이 뿜어내는 기세는 주변의 공기를 후끈 달아오르게 만들고 있었다.

"우리도 나가자!"

"우오오오!"

청산의 외침에 무당파 제자들과 악가 무사들이 일제히 앞으로 달려나갔다.

그들의 기세 역시 적들에 뒤지지 않았다. 비록 수적으로 열세라고 하나 이길 수 있다는 자신감은 그들로 하여금 그 어느 때보다 높은 사기를 이끌어내었다.

콰콰쾅!

채채챙!

퍼퍼퍼퍼퍽!

내기의 충돌, 병장기의 부딪침, 권장의 충돌로 인한 소리가 천지 사방에 울려 퍼졌다.

벌써부터 쓰러지는 자가 속출하고 있었고, 곳곳에서는 피비린내가 진동하고 있었다.

그런 와중에 운현의 눈은 사마궁에게로 향하고 있었다.

강한 자라고 했다.

적이고 뭐고를 다 떠나서 강한 자와 붙어 보고 싶은 강렬한

욕구가 운현을 강하게 자극하고 있었다.

사마궁 역시 운현을 향해 똑바로 걸어오고 있었다.

그 역시도 자신이 직접 운현과 붙어보고 싶었던 것이다. 그리고 딱히 자신 이외에 운현을 감당할 수 있는 사람이 지금 이곳에는 없었다.

사마궁과 운현이 서로를 향해 걸어가는 길목에는 아무도 없었다.

마치 양측 무사들이 둘의 결전을 방해하지 않기 위해 일부러 그런 것 같았다.

운현과 사마궁의 거리가 이 장여로 좁혀졌다. 멀다면 먼 거리였지만 두 사람에게는 결코 먼 거리가 아니었다.

마음만 먹으면 언제고 공격을 가할 수 있을 정도로 가까운 거리인 것이다.

"이제야 당신과 싸울 수 있겠군. 곡 형과 상 형에게 이야기 많이 들었다."

"나도 당신 이야기를 들었소. 강하다고 하더군."

운현의 말에 사마궁은 초가인을 떠올렸다. 육천룡문을 떠나 자신의 행복을 찾아간 여인. 사마궁의 입가에 씁쓸한 미소를 지었다.

"가인 누님은 잘 계시나?"

"물론. 육천룡문에 있을 때보다 더 행복해하고 있다."

운현의 말에 사마궁이 미소를 지운 채 입을 열었다.

"그 행복도 오늘로 끝이겠군."

운현이 눈을 가늘게 뜨며 사마궁을 바라보았다. 무슨 말인지 못 알아들을 운현이 아니었다.

"과연 그렇게 될까?"

스릉.

구룡검이 검집에서 맑은 소리를 내며 뽑혔다. 햇빛을 받아 반사되는 빛에 사마궁이 살짝 인상을 찌푸렸다.

"구룡검."

"그래, 구룡검이다."

잠시 구룡검을 바라보던 사마궁이 다시 운현에게로 시선을 돌렸다.

"뭐, 이제는 필요없는 물건이니까."

사마궁의 말에 운현이 인상을 찌푸렸다. 금선도. 그것이 그들의 손에 있으니 구룡검은 이제 필요없는 물건이었다.

우웅!

구룡검이 울었다. 사마궁의 기운과 주변에 있는 육천룡문 무사들이 익힌 구룡지기에 반응을 보인 것이었다.

"간다."

말과 동시에 운현의 신형이 미끄러지듯 앞으로 나아갔다. 마치 얼음 위를 걷는 듯한 신법이었다.

스윽.

사마궁이 자연스럽게 팔을 한 번 들어 올렸다. 단순한 행동이었지만 그 한 번의 휘두름에 엄청난 기운이 운현을 향해 쏘아졌다.

그 기운을 느낀 운현 역시 구룡검에 내기를 불어넣으며 앞으로 휘둘렀다.

콰앙!

사마궁의 기운이 구룡검에 닿기도 전에 공중에서 폭발했다.

잠시 놀라는 표정을 짓던 사마궁이 이내 고개를 끄덕였다.

"강기."

구룡검에 씌워진 것은 검기가 아니었다. 강기였다.

어중간한 공격으로는 사마궁을 이길 수 없을 것이라 판단한 운현이 처음부터 강기를 사용하기로 마음먹은 것이었다.

운현의 검이 부드럽게 곡선을 그리며 사마궁의 전신을 압박해 들어갔다.

운현이 알고 있는 최고의 검식. 태극혜검의 초식이었다.

부드러운 검초이지만 그 속에는 태산도 일검에 무너뜨릴 만한 강력한 기운이 숨어 있었다.

그것을 알고 있는 사마궁도 얼굴을 굳히며 자신의 손에 내력을 집중시켰다.

"하압!"

사마궁이 쌍장을 앞으로 뻗었다. 그와 동시에 그의 손에서 거대한 기운이 튀어 나갔다.

퍼퍼펑!

사마궁의 기운과 운현의 강기가 다시 한 번 공중에서 충돌하며 터져 나갔다.

주변에서 싸우고 있던 무사들은 그 소리와 충격의 여파로 움찔하였지만, 당사자들인 운현과 사마궁은 눈 하나 깜짝하지 않고 계속해서 공격을 하고 있었다.

운현과 사마궁의 싸움이 계속되는 사이 육천룡문과 무당, 악가의 싸움 역시 치열하게 전개되고 있었다.

수적으로 열세에 있던 무당과 악가의 무사들은 예상 외로 선전하였다.

쓰러진 육천룡문 무사들의 숫자가 더 많으니 놀랄 만한 일이라 할 수 있었다.

하지만 아직까지는 육천룡문 무사들의 숫자가 훨씬 많았다.

청산은 이를 악물고 검을 휘두르고 있었다. 벌써 자신이 죽인 적들의 수만 해도 스무 명이 넘는다.

그런데도 주변에는 아군보다는 적이 더 많이 보이니 답답할 노릇이었다.

그래도 점점 쓰러지는 적들의 숫자가 많아 수월해지기는 했지만 아직은 눈앞이 캄캄했다.

서걱!

"크악!"

그러는 사이 또 한 명의 육천룡문 무사가 청산의 검에 팔을 잘리며 쓰러졌다.

청산이 인상을 찌푸렸다. 바람을 타고 자신의 코로 흘러들어오는 비릿한 피 내음 때문이었다.

오랜 세월을 살아온 만큼 살상 역시 꽤나 많이 해봤지만 언제나 이 비릿한 피 내음만은 적응이 되지 않는 청산이었다.

"후우……."

잠시 숨을 고르던 청산은 주변을 둘러보았다.

운진과 갈염천은 마치 내기라도 하듯 적들을 베어 넘기고 있었고, 정 노인과 청 노, 홍 노는 비교적 여유롭게 무사들을 쓰러뜨리고 있었다.

그들을 보며 청산은 대단하다는 눈빛을 보냈다.

초가인 역시 자신의 특기를 이용하여 육천룡문 무사들을 하나씩 쓰러뜨리고 있었다.

기척을 감추고 일시에 목숨을 끊는 방법이기에 속도는 느렸지만 한 명, 한 명 확실하게 처리하고 있었다.

정미현은 무공의 깊이가 아직 얕아 조금 고생하는 모습이 보였지만, 초가인이 옆에서 도와주고 악규영이 그 뒤를 받쳐주어 아직까지 잘 버티고 있었다.

"아무래도 무언가 손을 써야 할 것 같은데……."

지금의 상황을 타개하려면 강력한 한 방으로 다수의 적을 쓰러뜨리는 수밖에는 없었다.

그렇게 하면 내공의 소모가 너무 커 적들에게 둘러싸일 수밖에 없지만, 그래도 어쩔 수 없었다.

자신 한 명의 희생으로 지금의 상황을 반전시킬 수 있다면 해야만 했다.

"부탁이 있습니다."

청산은 정 노인에게 전음을 보냈다. 청산의 전음을 들은 정 노인은 적들을 쓰러뜨리며 천천히 그에게 다가갔다.

"무슨 일입니까?"

"아무래도 이대로는 안 될 것 같습니다. 상황을 반전시켜야 합니다."

"하지만 지금 상황에서는 딱히 좋은 방법을 생각하기가 어렵습니다."

"저에게 방법이 있습니다만, 내공의 소모가 큰 방법이라 도움이 필요합니다."

청산의 말에 정 노인은 고개를 끄덕였다. 그가 무엇을 하려는지 대충 짐작이 갔기 때문이다.

"알겠습니다."

정 노인이 고개를 끄덕이자 청산은 숨을 고르며 내력을 끌어올렸다.

스오오오오!

그러자 청산의 몸에서 엄청난 기운이 폭사되기 시작했다. 곁에 있던 정 노인이 놀라 움찔할 정도였으니 그 기운이 얼마나 강한 기운인지 알 수 있었다.

단전에 남아 있는 내공의 절반 이상을 끌어올린 청산은 자신의 검에 그것을 모조리 불어넣었다.

그리고는 적들을 향해 시퍼런 안광을 내뿜으며 검을 휘둘렀다.

"하압!"

청산의 검이 일정한 궤적을 따라 움직였다.

태극혜검 제십이초 태극무상의 초식이었다.

하지만 일반적인 태극무상의 초식과는 무언가가 조금 달랐다.

태극무상의 초식은 원래 적을 죽이는 초식이 아니었다.

적을 제압하고 그 안에 있는 악한 마음과 기운을 몰아내어 상대로 하여금 스스로 무릎을 꿇게 한다는 의미로 만들어진 초식이었다.

하지만 지금 청산의 손에서 펼쳐진 초식은 살상을 위한 초식으로, 태극무상 초식의 이면에 숨겨진 살초를 겉으로 극대화하여 펼친 것이었다.

청산의 검이 지나간 자리에 있는 적들은 하나같이 목이 없었다.

지독한 살초.

도저히 도문의 최고봉인 무당의 검법이라 부를 수 없는 초식이었다.

무당파의 장문인인 청산으로서도 결코 사용하고 싶지 않

은 초식이었지만, 지금 상황에서는 어쩔 수 없는 선택이었다.

그렇게 일각 정도의 시간이 흘렀다.

"헉! 헉! 헉!"

청산은 거친 숨을 몰아쉬며 땅에 꽂은 검에 의지한 채 겨우 서 있었다.

내공의 소모와 함께 엄청난 심력의 소모가 있었던 까닭이다.

청산의 주변에 쓰러져 있는 적들의 숫자는 대략 칠십여 명.

생각보다 적은 숫자였지만 이 한 번의 공격은 두려움을 모르던 육천룡문 무사들의 마음에 두려움이라는 것을 만들어내기 충분했다.

육천룡문 무사들이 주춤하며 뒤로 물러선다.

머리가 시킨 일이라기보다는 본능적인 행동이었다. 그들도 사람이었기에.

무당파 제자들과 악가 무사들 역시 경악에 가까운 표정으로 청산을 바라보고 있었다.

이렇게 위력적인 검초는 본 적이 없었던 까닭이다.

"공격하라!"

정신을 차린 악규영이 소리쳤다. 지금은 청산의 검초에 놀라고 있을 때가 아니었다.

적들이 주춤하는 순간, 지금이 바로 단숨에 밀어붙여야 할 때였다.

　악가 무사들과 무당파 제자들이 함성을 지르며 적들을 향해 달려들기 시작했다.

　서로에게 모든 신경을 집중하고 있던 운현과 사마궁이기에 둘 다 청산의 검초를 보지는 못했다.
　하지만 엄청난 기운을 담은 공격이 펼쳐졌고, 그로 인하여 어느 한쪽이 많은 피해를 입었다는 것은 느낄 수 있었다.
　사마궁은 입술을 깨물었다.
　방금 전의 공격에서 느껴진 기운은 구룡지기의 기운이 아니었다.
　그것만으로도 아군의 피해가 크다는 사실을 알 수 있었다.
　운현 역시 그 기운이 적들의 것이 아니라는 것을 느끼고 속으로 조금은 안도하고 있었다.
　"아무래도 빨리 끝내야겠군."
　"나 역시."
　사마궁과 운현이 서로를 노려보며 말했다. 그리고 운현은 구룡검에, 사마궁은 자신의 양손에 내력을 집중시켰다.
　우우웅!
　구룡검이 힘차게 울었다. 단번에 적을 부숴 버릴 듯한 기세였다.
　"하압!"
　"이얍!"

운현과 사마궁이 힘차게 기합을 내지르며 서로를 향해 달려들었다.

운현의 검이 날카롭게 사마궁의 심장을 노리고 날아들었다. 사마궁의 왼손은 구룡검을 향해, 그리고 오른손은 운현의 목을 노리고 날아들었다.

콰콰쾅!

"크악!"

"쿨럭!"

둘의 공격이 직접적으로 부딪쳤고, 곧 엄청난 폭음과 함께 각각 삼 장 밖으로 날아갔다.

심장을 찔리지는 않았지만 가슴팍에 깊은 상처를 입은 사마궁은 안색이 창백했다.

그의 왼손과 구룡검이 부딪치면서 엄청난 내상을 입었기 때문이다.

운현 역시 검은 피를 한 사발 토해낸 상태였다.

사마궁의 오른손이 노린 목은 멀쩡했지만 그 공격이 빗나가 왼쪽 어깨의 살점이 크게 떨어져 나간 상태였고, 역시 그의 왼손과 부딪친 구룡검을 통해 내상을 입은 상태였다.

누가 이겼다고 할 수 없는 상황.

무승부였다.

"크악! 쿨럭!"

"헉! 헉! 헉!"

사마궁과 운현은 일어나지 못하고 있었다. 둘의 몸은 부들부들 떨리고 있었고, 안색은 곧 죽을 사람들처럼 하얗게 질렸다가 다시 퍼렇게 변하고 있었다.

양측의 무사들은 감히 두 사람에게 달려들지 못했다.

너무나도 위력적인 모습을 보았기 때문이다.

둘 다 내상이 심해 움직일 수 없는 상황이었지만 마음속에 생긴 두려움은 그들의 발걸음을 붙잡고 있었다.

"제, 젠장."

사마궁이 힘겹게 입을 열었다.

이길 수 있을 줄 알았다.

그런데 동수라니.

운현 역시 같은 생각을 하고 있었다.

초가인으로부터 강하다는 이야기는 들었지만 이 정도일 것이라고는 미처 생각지 못했던 것이다.

상대가 합룡기를 이루지 못했기에 자신이 이길 수 있다 생각했던 것이 큰 실수였다.

또한 그동안 계속 싸움을 해오면서 진 적이 없었기에 생긴 자만심 역시 크게 한몫한 것이다.

'다음번에는 절대 지지 않는다!'

'다음에는 이긴다!'

서로 비슷한 생각을 하고 있는 운현과 사마궁이었다.

第六章
풍비박산

사마궁이 움직일 수 없는 상황이 되면서 육천룡문은 일단 물러났다.

호북성을 넘어 섬서성까지 물러난 것이었다.

무당과 악가가 육천룡문을 물리쳤다는 소식 역시 중원 천지에 빠른 속도로 퍼져 나갔다.

남궁가와 공동파가 당한 이후에 불안에 떨던 중원무림에 한줄기 빛과 같은 소식이었다.

하지만 마냥 좋아할 수만은 없었다.

운현이 심한 부상을 당했고, 상대 역시 죽지 않고 살아 있다는 소식도 함께 전해졌기 때문이다.

이 소식은 충격을 주기에 충분했다.

어느 누구 할 것 없이 검존 운현이라 하면 중원 최강의 무인이라 인정하고 있었다.

그동안 그가 보인 무위와 행적은 그를 천하제일이라 부르기에 부족함이 없었다.

그런 운현과 비슷한 실력을 가진 고수가 육천룡문에 있다는 사실에 경악하지 않을 수 없었던 것이다.

그렇게 빛과 어둠을 동시에 전해준 소문을 뒤로한 채 시간은 흘러흘러 어느덧 한 달이라는 시간이 지났다.

운현은 아직도 침상에 누워 있었다.

뜯겨 나간 왼쪽 어깨의 살점은 쉽게 낫지 않았다. 그 정도로 사마궁의 손속은 지독했다.

내상은 합룡기와 자소단의 효능으로 거의 다 완치된 상태였다.

원래 자소단을 먹지 않으려 했지만 청산이 억지로 운현의 입에 털어 넣는 바람에 어쩔 수 없이 먹고 말았다.

합룡기가 지닌 뛰어난 자가 치유 능력이 있어 굳이 먹지 않아도 되었지만 곧 죽을 것 같은 제자의 모습을 청산이 가만히 보고 있지 않은 것이었다.

"하아… 사부님도 참."

침상에 누워 천장을 바라보며 운현이 중얼거렸다. 세상의 모든 사부들 중에 자신의 사부가 가장 극성맞을 것이라 생각했다.

"운현."

"아, 어서 와."

운현의 방문이 열리고 정미현과 초가인이 안으로 들어섰다.

그들은 표정은 처음 운현이 내상을 입고 정신을 잃었을 때보다 훨씬 밝아져 있었다.

"몸은 좀 어때요?"

"괜찮아."

초가인의 물음에 운현이 밝게 웃으며 대답했다.

"다행이에요."

"그래, 사마궁이라는 사람. 정말 강했어."

운현의 말에 초가인과 정미현은 고개를 끄덕였다.

"강하지요, 정말 강해요. 합룡기를 이루지 않고도 그렇게 강할 수 있다는 것이 믿기지 않아요."

정미현의 말에 운현도 동감한다는 듯 고개를 끄덕였다.

"맞아. 사실 나도 그런 생각 때문에 조금은 방심한 면도 없지 않아."

"그랬군요."

"그나저나 이번 싸움에서 염천의 활약이 대단했다면서?"

정미현의 얼굴에 다시 걱정이라는 글자가 떠오르자 운현

은 서둘러 화제를 바꾸었다.

"네, 대단했어요. 예전하고는 완전히 다른 모습이던데요?"

초가인의 말에 정미현이 옆에서 고개를 끄덕였다.

"맞아요. 다들 갈 소협을 뇌성(雷星)이라 부르고 있어요."

"뇌성? 정말?"

"그럼요. 운진 도우는 유성(柔星)이라고 부르고 있는데요?"

"으아?"

"호호호!"

운현의 놀란 표정이 재미있는지 초가인과 정미현이 크게 웃었다. 오랜만에 보는 그녀들의 웃음이었다.

"그 녀석들, 완전 신났겠네?"

"어깨에 힘 좀 주고 다니는 것 같아요. 뭐, 그래도 너무 붕 뜨는 것 같지는 않으니 다행이에요."

"그러면 다행이지."

운현의 말을 마지막으로 세 사람의 대화가 끊겼다. 잠시의 어색한 시간이 지나고 운현이 입을 열었다.

"오랜만이야. 이런 기분……."

"그래요. 정말 오랜만이에요."

"앞으로도 계속 이랬으면 좋겠어요."

초가인의 말에 운현이 고개를 끄덕였다.

"조금만 더 참으면 돼. 내가 꼭 그렇게 만들 거야."

운현의 말에 정미현과 초가인이 고개를 끄덕였다, 꼭 그렇게 될 것이라는 믿음을 담아서.

무당과의 싸움에서 패한 후 섬서성 안강(安康)까지 후퇴한 육천룡문은 사마궁의 상태가 호전될 때까지 그곳에 주둔하기로 했다.

심한 외상을 입은 것은 아니었기에 그리 오래 자리보전을 할 필요까지는 없었다.

한 달이 지나자 사마궁의 내상 역시 거의 완치가 되었다. 구룡지기의 효험은 역시 대단했다.

"현재 피해 상황은?"

"총 칠백여 명 중에 삼백여 명이 사망했습니다. 그리고 백명 정도는 중상입니다."

"음……."

사마궁은 신음을 내뱉었다. 엄청난 피해였다. 칠백 명 대 삼백 명의 싸움에서 사백의 피해를 입었다면 적은 전멸되었어야 수지가 맞는 것이었다.

하지만 적은 전멸하지 않았다. 물론 피해는 입었겠지만 적을 무너뜨리는 데에는 실패한 것이었다.

"안휘성 쪽은 어떻게 되었지?"

"남궁가는 무너졌습니다. 그리고 곧바로 모용가로 향한 것 같습니다."

“음, 곡 사형이 잘하고 계시는군.”

“네. 그리고 공동파로 갔던 병력은 일단 이쪽으로 합류하고 있습니다.”

“그래? 잘되었군. 상 사형이 합류한다면 훨씬 수월해지겠지. 무당 쪽에도 지원군이 오는지 잘 살펴보고, 만약 그렇다면 곧바로 보고해라.”

“알겠습니다.”

수하가 밖으로 나가자 상인모는 다시금 침상에 누웠다. 내상에서 거의 다 회복되기는 했지만 체력이 많이 떨어져 있어 쉽게 피곤했다.

남궁가에 도착한 남궁훈은 처참한 표정을 지었다.

설마하니 천하의 남궁세가가 이렇게 무너질 줄은 몰랐던 것이다.

불행 중 다행이라고 해야 할까?

그나마 남궁가의 건물은 멀쩡했고, 어린아이와 무공을 모르는 아녀자들은 건들지 않은 육천룡문이었다.

다만 남궁가에 남아 있던 무공서와 영약 등이 모두 불타거나 유실되었다. 이런 상황이라면 남궁가가 다시 일어서기 위해서는 굉장히 오랜 시간이 필요할 것이었다.

정신적 공황 상태에 빠진 식솔들은 어찌할 바를 모르고 그저 바닥에 주저앉아 눈물만 흘리고 있을 뿐이었다.

"내 이놈들의 사지를 발라 죽이고 말리라!"

남궁훈이 피눈물을 흘리며 소리쳤다. 꽉 쥔 주먹과 악문 입에서는 피가 흘러내리고 있었다.

모용강은 그저 안타까운 눈으로 바라보며 그의 곁을 지킬 뿐 다른 말은 할 수가 없었다.

"남궁가 무사들은 속히 세가를 정리하라!"

"예!"

한 맺힌 목소리로 크게 대답한 남궁가 무사들은 서둘러 세가를 정리하기 시작했다.

"가주님!"

"무슨 일이냐!"

모용세가 무사 한 명이 모용강에게 급히 달려왔다.

"개방에서 온 전갈입니다! 이곳에서 출발한 적들이 모용가로 향하고 있다고 합니다!"

"뭐?!"

모용강이 놀라 소리쳤다. 설마하니 적들이 곧바로 모용세가로 출발할 줄은 몰랐던 모용강이다.

"지능적이군."

곁에 있던 남궁훈이 말했다.

"그래, 남궁가와 모용가가 이곳으로 온다는 것을 알고 모용가로 향한 모양이야."

“자네는 어서 떠나게. 서둘러 출발하면 늦지 않게 도착할
수 있을 것이네.”

“미안하네.”

“무슨 소리. 우리도 이곳이 정리되는 대로 쫓아가도록 하
지.”

“알겠네. 그럼 먼저 출발하겠네.”

“그러게.”

남궁훈에게 미안한 표정을 지으며 말하던 모용강이 남궁
가 무사들을 도와 정리를 하던 모용가 무사들에게 소리쳤다.

“지금 즉시 모용가 무사들은 나를 따르라! 세가가 위험하
다!”

“예!”

힘차게 대답한 모용세가 무사들이 일제히 남궁세가를 빠
져나갔다.

남궁가로 올 때보다 더 빠른 속도로 육천룡문의 뒤를 쫓아
달려갔다.

잠시 그들의 뒤를 바라보던 남궁훈이 다시 소리쳤다.

“서둘러 정리를 끝낸다! 그리고 우리도 모용가로 향한다!”

남궁훈의 외침에 남궁가 무사들의 행동이 더욱더 빨라졌
다. 세가를 이렇게 만든 적들에게 복수할 수 있다는 생각 때
문이었다.

말을 마친 남궁훈 역시 무사들과 함께 세가 정리에 뛰어들

었다.

모용세가로 향하고 있는 곡해성은 비교적 천천히 움직이고 있었다. 그가 여유롭게 모용가로 향하는 데에는 그만한 이유가 있었다.

그것은 남궁가를 완전히 지워 버릴 필요가 없기 때문이었다.

어차피 이번 싸움에서 이겨 금선도를 세상에 내놓으면 알아서 사라질 터이니 힘과 시간을 들여 남궁가를 완전히 무너뜨리지 않아도 되었다.

남궁가와 모용가 병력이 남궁세가에 도착했을 때 정리할 거리를 남겨놓음으로써 그들이 쫓아올 시간을 늦추는 효과까지 얻을 수 있었다.

이것이 바로 곡해성이 여유를 가질 수 있는 이유였다.

"전갈입니다."

"무엇이냐?"

자신의 한가한 시간을 방해받았기 때문인지 곡해성이 날카로운 목소리로 말했다.

"모용가의 병력이 쫓아오고 있습니다."

"그래?"

수하의 말에 곡해성의 입가에는 미소가 번졌다. 모용가 무사들이 따라오고 있다면 급히 서둘러야 할진데, 그는 여전히 너무도 여유로운 모습이었다.

“그럼… 애를 좀 태워볼까?”

곡해성의 입가에 핀 미소가 그 어느 때보다도 더 사악하게 보였다.

모용강과 모용가 무사들은 쉬지 않고 달렸다. 백 명 가까이 되는 무사들이 빠른 속도로 달리는 모습에 사람들은 신기해하면서도 무서워하는 표정을 지었다.

무림인이 아닌 사람들에게 미안한 마음이 드는 모용강이었지만 촌각을 다투는 일이었기에 어쩔 수 없이 계속 달릴 수밖에 없었다.

쉬리릭!

갑자기 앞서 달리고 있는 모용강을 향해 무언가가 날아왔다. 공격이었다면 살기가 느껴졌겠지만 이번에는 그런 것이 아니었다.

턱!

모용강은 그것을 가볍게 받아 들었다. 그를 향해 날아온 것은 작은 서찰이었다.

“응?”

서찰을 읽은 모용강이 갑자기 멈추어 서자 뒤따르던 모용가 무사들 역시 그 자리에 멈춰 섰다.

꽤 먼 거리를 쉬지 않고 달려왔지만 호흡이 흐트러진 무사는 없었다.

“모두 조심해라! 적이 모용가로 가지 않고 이리로 오고 있다는 서찰이다!”

모용강의 외침에 모용가 무사들은 신경을 집중하고 주변을 관찰했다.

다행히 지금 이곳에 적들이 숨어 있는 것 같지는 않았다.

“최대한 주변을 살피며 천천히 이동한다! 어디에 적들이 매복해 있을지 모르니 조심하라!”

“예!”

모용강의 명령에 크게 대답한 모용가 무사들은 천천히 앞으로 나아갔다.

오랜 시간 쉬지 않고 달려온 것보다 감각을 날카롭게 세운 채 주변을 경계하며 잠시 걷는 것이 더 힘든 그들이었다.

“잘 전달했겠지?”

“네.”

“하하하! 좋아!”

수하의 보고에 곡해성이 크게 웃어젖혔다.

“모용강이 똥줄 좀 타겠군. 거짓 정보를 흘렸으니 얼마나 긴장하고 있겠는가!”

곡해성과 육천룡문 무사들은 그대로 모용세가로 향하고 있었다.

그들이 모용가 무사들을 상대하기 위해 가고 있다는 정보

는 곡해성의 명령에 따라 하오문을 통해 그들에게 전달한 것
이었다.

그런 거짓 정보에 속아 신경을 곤두세우며 속도를 늦추었
을 모용강을 생각하니 웃지 않을 수 없었던 것이다.

"자~ 그럼 이 여유를 조금 더 만끽해 볼까?"

뒷짐을 진 채 천천히 걸어가는 곡해성을 보며 수하는 고개
를 절레절레 저었다.

세가 정리를 끝마친 남궁훈은 남궁가의 열 개 단 중 한 개
의 단만 남겨놓은 채 모용세가로 출발했다.

아직까지 모용세가가 당했다거나 그들과 충돌했다는 소식
이 없는 것을 보니 서둘러 따라가면 모용강과 함께 적들을 상
대할 수 있을 것이라 생각했던 것이다.

그렇게 꼬박 이틀 밤을 달린 남궁훈의 시야에 한 무리의 사
람들이 눈에 들어왔다.

"아니!"

남궁훈은 자신의 눈을 믿을 수가 없었다.

자신들의 앞쪽에서 모용가 무사들이 긴장하며 천천히 앞
으로 나가고 있었던 것이다.

서둘러 세가로 향해도 모자랄 판에 천천히 이동한다는 것
은 말이 되지 않았다.

"따라가자!"

남궁훈의 말에 남궁가 무사들이 힘을 더해 앞으로 달렸다. 심신이 지친 상태였지만 그렇다고 해서 쉴 수 있는 상황은 아니었기에 다들 군말하지 않고 따라갔다.

"이보게!"

"음?"

뒤쪽에서 꽤 많은 인원의 사람들이 접근한다는 것을 알고 잔뜩 긴장하고 있던 모용강은 남궁훈의 목소리에 잠시 긴장을 풀었다.

"아니, 벌써 따라온 겐가?"

"그게 중요한 것이 아닐세! 도대체 지금 뭐 하고 있는 것인가?"

남궁훈의 물음에 모용강이 자초지종을 설명하기 시작했다. 자신에게 전달된 작은 쪽지의 내용부터 그 때문에 자신들이 이러고 있다는 것까지.

"자네, 생각이 있는 사람인가, 없는 사람인가!"

"……!"

별안간 남궁훈이 모용강에게 소리를 질렀다. 그 소리가 워낙 컸기에 모용가 무사들과 남궁가 무사들의 시선이 전부 그리로 쏠렸다.

"지금 개방은 초토화 상태야! 우리 정파의 눈과 귀가 멀었어! 현재 남아 있는 개방 제자들 중에 자네가 달리는 속도에 맞추어, 그것도 그 얇은 종이를 날려 보낼 수 있는 사람이 있느냔 말이야!"

그 순간 모용강은 거대한 바위로 머리를 가격당한 것 같은 큰 충격을 받았다.

'개방에는 고수가 남아 있지 않다!'

"이런 개자식들!"

모용강의 입에서 욕이 튀어나왔다. 그리고 몸을 부들부들 떨었다.

완전히 자신을 가지고 논 것이었다.

자신을 속이고 얼마나 통쾌해할 것인가! 거기에 세가는?

"이… 놈들!"

모용강이 으스러지도록 주먹을 쥐고 이를 악물었다. 몸의 떨림은 시간이 갈수록 더욱더 강해졌다.

"지금 바로 출발하지."

"아니."

자신의 말을 거절하는 모용강을 남궁훈은 의아한 표정으로 바라보았다.

"왜?"

"절대 세가로 무작정 달려가지는 않았을 것이야. 나를 놀리고 있는 것이겠지. 절대 그냥 둘 수 없어."

"그러니까 빨리 가야 하는 것 아니겠는가!"

"아니, 쉬었다가 가지. 천천히 체력을 비축하고 몸과 정신을 가다듬어 그들을 상대할 것이야."

지금 모용강은 그 어느 때보다 더 냉정하고 침착했다. 그의 눈에서는 차가운 한광이 뿜어져 나왔고, 그의 기도 역시 북해의 차가운 얼음을 생각나게 할 정도로 차가웠다.

그런 친구를 보는 남궁훈의 눈빛은 그저 안타깝게 빛날 뿐이었다.

모용가로 향하고 있는 육천룡문의 병력을 제외하면, 일단 전체적인 전황은 소강 상태에 접어든 상황이었다.

사마궁과 운현이 동시에 부상을 입으면서 한 달 조금 넘는 시간 동안에는 작은 싸움 한 번도 일어나지 않았다.

물론 둘 다 거의 완쾌한 상황이었지만 다시 한 번 그렇게 무식하게 충돌을 일으킬 정도로 어리석지는 않았다.

서로의 수를 읽고 그 수를 뛰어넘는 수를 생각하여 어떻게 하면 적들을 이길 수 있을지 궁리하고 또 궁리하고 있었다.

일단 유리한 쪽은 사마궁 쪽이었다.

중원 전체의 상황도 육천룡문 쪽으로 기울어 있는 데다가 사마궁은 자신이 생각한 것을 바로 행동으로 옮길 수 있는 반면에 정파연합은 그렇지 못했기 때문이다.

일단 정파의 눈과 귀라 할 수 있는 개방이 변을 당했고, 그 때문에 제갈유풍이 짠 전략 등이 제대로 전달되지 못하고 있는 상황이었다.

그렇다 보니 정파연합의 초조함은 시간이 흐를수록 더 커

져만 갔다.

그 무렵, 상인모가 사마궁에게 합류했다.

이미 정파연합 문파들 대부분이 힘을 쓰기 어려운 상황이 되어버렸으니 총공격을 감행하기 위함이었다.

소림만 무너뜨리면 이제 모든 것은 끝나는 상황이었다.

"아주 기쁩니다."

사마궁이 합류한 상인모에게 말했다. 공동파뿐만 아니라 그들을 구원하기 위해 합류한 황보세가까지 처리한 것은 대단한 일이었다.

"아니, 고작 공동과 황보세가를 상대하는 데 너무 많은 출혈이 있었어. 예상 밖의 일이었다."

상인모는 전혀 기쁘지 않다는 표정으로 말했다.

공동과 황보가라면 각각 구파와 오대세가에서 적지 않은 비중을 차지하고 있는 두 곳이었지만 상인모에게는 그저 그런 두 곳일 뿐이었다.

"아닙니다. 그들이 차지하는 비중을 생각해 보면 결코 그저 그런 일이 아닙니다. 게다가 아직 우리의 힘은 강건합니다."

사마궁의 말에 상인모는 마지못해 고개를 끄덕였다.

"그나저나 무당을 무너뜨리는 데 실패했다 들었다. 방일원도 당했다고?"

“예. 그 검존이라는 자, 굉장히 강하더군요.”

“말하지 않았던가? 나와 곡가 둘을 상대로 여유롭게 싸운 자야. 아무리 너라고 해도 쉽게 이길 수 없다.”

“그럴 것 같았습니다. 그자가 조금만 더 강했다면 저는 아마 죽었을 겁니다.”

“이미 죽은 것이나 마찬가지지. 그자는 방일원을 상대하고 지친 상태였을 테니까. 운기로 회복할 수 있는 데에는 어느 정도 한계가 있다.”

“알고 있습니다. 하지만 다음번에는 제가 이길 겁니다.”

“이겨야지.”

상인모의 말에 사마궁이 고개를 끄덕였다. 그러면서 다시 한 번 운현을 떠올렸다.

처음으로 자신에게 패배를 안겨준 상대.

첫인상은 온화하기 그지없었으나 싸움이 시작되면 거대한 폭풍처럼 강인해지던 사람이었다.

사마궁은 자신도 모르게 부르르 떨었다.

굉장히 오랜만에 맛보는 흥분이었다. 그의 입가에 저절로 미소가 번졌다.

“일 대 일로 상대할 생각은 버려라. 무조건 파상 공세다. 수적 우세를 두고 일 대 일로 싸우는 것은 미친 짓이다.”

“알고 있습니다. 그자와의 싸움보다 더 중요한 것이 있으니까요.”

무인에게 있어 강자와의 싸움은 뿌리치기 어려운 매력적인 일이지만 사마궁은 그 유혹을 뿌리쳤다.

그들에게 있어 대업은 무인으로서의 흥분도 포기할 수 있을 정도로 중요한 것이었다.

"검존만 처리하면 이 싸움은 우리가 이긴 것이다. 무당에 합류할 다른 세력은 없겠지?"

"일단 남궁가가 무너졌고, 모용세가로 곡 사형이 가고 계십니다. 곧 무너지겠지요."

"남궁가 정도면 출혈이 좀 있었을 것 같은데?"

"거의 없다고 들었습니다."

"그래?"

상인모는 의외라는 표정을 지었다가 이내 고개를 끄덕였다.

"하긴 그 녀석이 예전부터 잔머리 하나는 잘 돌아갔지."

"지금도 모용세가를 떡 주무르듯이 주무르고 계신 모양입니다."

"그런가?"

곡해성이 어떤 식으로 그들을 상대할지 잠시 상상해 본 상인모는 입가에 미소를 지었다.

"똥줄 좀 타겠군."

"그렇겠지요. 하지만 위험할 수도 있습니다. 복수심에 불타는 적이 냉정을 찾고 죽기 살기로 덤빈다면 그보다 더 무서운 것은 없지요."

사마궁의 말에 상인모는 말없이 고개를 끄덕였다.

"그쪽은 곡가 녀석이 잘 알아서 하겠지. 우리는 눈앞의 성가신 적부터 생각하자."

상인모가 무당산이 있는 쪽을 바라보며 중얼거렸다.

모용가와 남궁가의 병력은 천천히 모용가로 향하고 있었다.

모용가가 당하는 것도 안 될 일이지만, 그들을 곱게 보내는 것은 더욱더 안 될 일이었다.

무너진 모용가는 다시 세우면 되지만 살아 돌아간 그들은 자신들에게 더 큰 칼을 들이밀 것이기 때문이다.

괜히 그들과 마주치기도 전에 힘을 뺄 필요는 없었다.

"이렇게 천천히 가도 괜찮겠는가?"

남궁훈이 걱정스런 표정으로 물었다.

"걱정 말게. 나도 생각이 없는 놈은 아니야. 물론 모용가가 위험할 수도 있지만, 모용가 하나 없어지는 것이 중원 전체가 사라지는 것보다는 덜 중요하다네."

모용강의 말에 남궁훈이 고개를 끄덕였다. 대단한 말이었지만 그래도 걱정이 되는 것은 어쩔 수 없었다.

"얼마 안 가면 곧 모용가야. 우리가 지금 온 길은 지름길이라네."

“지름길?”

“그래. 혹시 모를 사태에 대비해서 모용가가 비밀리에 닦아놓은 길이지. 모르는 사람이 보면 전혀 길처럼 보이지 않을 걸세.”

모용강의 말에 남궁훈은 고개를 끄덕였다. 확실히 자신들은 모용가로 가는 길과는 전혀 다른 길로 가고 있었다.

“대단하군. 언제 이런 걸 준비해 두었나?”

“강호 활동을 안 하고 있다 해도 언제 어떤 일이 일어날지 모르는 것이 바로 강호 아닌가. 이런 것쯤은 당연한 것이야.”

그의 말에 남궁훈은 자신의 과거를 생각하며 조금은 후회가 들었다.

그의 말처럼 강호 활동을 안 한다고 해도 자신들은 강호에 속한 세가. 어떤 일이 일어날지는 아무도 모를 일이었다.

“이럴 줄 알았으면 나도 준비를 좀 해두는 건데 그랬군.”

남궁훈의 중얼거림에 모용강은 작게 고개를 끄덕일 뿐 다른 말은 하지 않았다.

모용세가와 남궁가의 병력이 지름길로 따라오고 있다는 사실을 모르는 곡해성은 여유롭기 그지없었다.

그저 적들이 죽어라 뒤따라올 것이라고만 생각하고 있을 뿐 지름길이 있을 것이라고는 전혀 예상치 못한 그였다.

"모용가까지 남은 거리는?"

"대략 하루 정도만 가면 될 것 같습니다."

"코앞이군."

수하의 보고에 고개를 끄덕인 곡해성이 다시 입을 열었다.

"반나절로 줄인다. 속도를 높여라!"

"예!"

곡해성이 말과 함께 속도를 높여 앞으로 나아갔다. 그러자 뒤따르던 육천룡문 무사들도 속도를 높여 그 뒤를 따랐다.

적들이 다가오고 있다는 소식을 들은 모용세가에는 비상이 걸렸다.

모용세가의 준비는 철저했다.

십 년 동안 묵혀두었던 세가 내의 기관진식도 서둘러 보수하여 가동시켰고, 얼마 남아 있지 않은 무사들도 완벽 무장을 하고 적들을 맞을 준비를 하였다.

게다가 무공을 사용하지 못하는 세가 식솔들과 하인들, 어린아이들은 미리 홍택호 쪽으로 연결된 비밀 통로로 이동시켰다.

조금 이른 감이 없지는 않았지만 미리 준비해서 나쁠 것은 없었기 때문이다.

하지만 문제는 있었다.

오랫동안 작동시키지 않았던 기관진식이기에 여러 가지

문제가 많았고, 하루 이틀 안에 완벽하게 복구시키기는 어려
웠다.

　게다가 세가에 남아 있는 무사들의 수는 백 명 남짓으로 적
다고 할 수 있었다.

　가장 큰 문제는 바로 모용강의 부인인 심씨였다.

　어려서부터 모용강을 만나 사랑을 싹틔운 그녀는 모용강
과 함께 모용가의 무공을 익힌 보기 드문 여인이었다.

　모용강과 혼인을 한 이후로 무공 수련을 뜸하게 한 데다 실
전 경험이 일천한 그녀였다.

　그런데 이번에 적이 오고 있다는 소식에 세가를 빠져나가
지 않고 모용가에 남아 적들과 싸우겠다며 고집을 부리고 있
었다.

　"주모님! 피하셔야 합니다!"

　"너희들은 내가 세가를 두고 피할 것으로 보였느냐?"

　"하지만 너무 위험합니다!"

　"나도 모용가의 무공을 배우고 익힌 무인이다! 이곳은 나
의 집! 절대로 적들의 손에 무참히 짓밟히게 놔둘 수 없다!"

　"하지만!"

　심씨는 고집을 꺾지 않았다. 모용강의 고집도 약한 편은 아
니었지만 심씨 앞에서는 새 발의 피라고 할 정도로 그녀의 고
집은 대단했다.

　모용강도 못 꺾는 그녀의 고집을 세가 무사들이 어찌 꺾을

수 있겠는가.

그래서 결국 그녀는 현재 세가에 남아 적들을 맞을 준비를 하고 있었다.

"절대로 앞으로 나서서는 안 됩니다. 후방에서 지원을 해 주십시오."

"알겠다."

모용가에 남아 있는 천검단의 단주인 우국추(宇菊秋)의 신신당부에 심씨는 고개를 끄덕였다.

그녀의 대답을 듣고 돌아서는 그였지만 불안하기 짝이 없었다.

남자였다면 능히 대장부가 되었을 여인이기에 적들을 보면 흥분하여 앞으로 치고 나오지 않을까 걱정이 되었던 것이다.

오랜만에 무복을 입은 심씨는 허리띠를 질끈 동여매었다. 그리고는 안채 깊숙이 넣어두었던 자신의 애병을 꺼내 들었다.

"실로 오랜만에 잡아보는구나."

그녀는 자신의 손에 들린 검을 뽑아보았다.

스릉.

꽤 오랜 세월이 흐른 뒤였지만 검은 여전히 깨끗했고, 소리역시 청아했다.

딱 보기에도 보검이라 할 수 있었다.

"감히 내 집을 넘봐?"

검을 잡은 그녀의 손에 힘이 들어갔다.

"아, 그리고 내 아내 알지?"

"심씨 부인 말인가? 왜 그러는가?"

"그녀가 무공을 익힌 사실도 얘기했던가?"

"했지."

"경험이 부족하긴 하지만 그녀의 실력도 무시 못할 수준이라네. 적들도 꽤 고생 좀 할 거야."

"그렇군. 자네도 믿는 구석이 있었어."

"사실 그녀의 무공을 믿는다기보다는 그녀의 성격을 믿는 것이지."

"성격?"

"가보면 알 걸세."

모용강의 알 수 없는 말에 남궁훈은 조금 발걸음을 빨리했다.

궁금했으니까.

반나절이 흘렀다.

육천룡문 일행은 모용가에 거의 당도해 있었고, 모용강과 남궁훈이 이끄는 일행은 반나절 정도 더 가야 하는 거리에 있었다.

모용세가 내에는 긴장감이 흐르고 있었다. 심씨 부인 역시 검을 잡은 손에 땀이 차는 것을 느끼고 있었다.

"적들은 강하다! 하지만 우리도 강하다! 가주님이 오실 때까지 세가를 지켜내자!"

"예!"

무사들을 선동하는 그녀의 목소리에는 힘이 있었다. 특별한 말은 아니었지만 모용가 무사들은 그녀의 말에서 힘을 받았다.

"적들이 옵니다!"

세가 밖으로 정찰을 나갔던 무사가 급히 달려오며 소리쳤다.

"모두 준비! 적들이 밀고 들어오면 싸우면서 후퇴하라! 기관진식 안으로 밀어 넣는다!"

챙! 챙! 챙!

우국추의 외침에 모용가 무사들이 일제히 자신들의 검을 빼 들었다.

심씨 역시 자신의 애병을 빼 들었다.

꿀꺽!

누가 삼킨 침일까. 그 소리가 그 어느 때보다 고요한 모용가 내에 크게 울려 퍼졌다.

그렇게 잠시의 시간이 흘렀다.

쾅!

굳게 닫힌 모용가의 거대한 정문이 크게 울렸다. 부서질 듯한 번 크게 휘청거렸지만 부서지지는 않았다.

만년한철까지는 아니더라도 쉽게 부서지지 않는 철을 덧댄 문이기에 가능한 일이었다.

콰앙!

방금 전보다 더 큰 파공음이 들렸다. 이번에는 문의 일부분에 조금 금이 간 게 보일 정도로 대단한 충격이었다.

콰아앙!

와지직!

또 한 번의 충격. 이번에는 요란한 소리와 함께 문이 부서져 나갔다.

그와 함께 뿌연 먼지가 뭉게뭉게 피어올랐다.

시야는 흐려졌고, 일부는 흙먼지에 눈을 감았다.

"끄아악!"

"으악!"

곧이어 들려온 비명 소리. 적들이 그 틈을 타 안으로 쳐들어온 것이었다.

"싸워라! 적이다!"

우국추의 외침과 함께 육천룡문과 모용세가의 싸움이 시작되었다.

육천룡문 무사들은 마치 물밀듯이 모용세가 안으로 몰려들어 왔으며, 갑작스럽게 일격을 당한 모용세가 무사들은 주춤하는 모습을 보였다.

“정신 바짝 차려라!”

우국추의 외침에 모용가 무사들은 이를 악물고 육천룡문 무사들을 상대해 나갔다.

중원의 무사들보다 실력이 좋다는 육천룡문 무사들을 상대로 점점 자신들의 실력을 발휘하고 있었다.

잠시 밖에서 안쪽의 상황을 지켜보고 있던 곡해성은 눈살을 찌푸리고 있었다.

밀어붙이던 전세가 점점 대등하게 바뀌어가고 있었기 때문이다.

오대세가의 수좌라던 남궁세가를 칠 때에도 이런 모습은 볼 수 없었다.

한 번의 몰아침에 그대로 무너졌던 남궁세가와는 달리 모용세가는 버티고 있었다.

그것도 대등하게.

눈살을 찌푸리며 안쪽의 상황을 지켜보던 곡해성이 발걸음을 옮겼다.

느릿느릿한 걸음이었지만 그가 내딛는 한 걸음 한 걸음은 결코 무시할 수 없었다.

전장으로 다가갈수록 그의 몸에서 뿜어져 나오는 기도는 강해졌으며, 그것은 육천룡문 무사들에게는 힘을, 모용세가 무사들에게는 공포를 안겨주었다.

“물러서라!”

곡해성의 강한 기운을 느낀 우국추가 재빨리 소리쳤다. 지금 이 자리에서 모조리 죽임을 당할 수는 없었다.

우국추의 명령에 모용가 무사들이 뒤쪽으로 빠지기 시작했다.

기관진식 안으로 적들을 유인하기 위함이었다.

모용세가 무사들이 뒤로 물러서자 기가 산 육천룡문 무사들은 앞으로 밀고 나가기 시작했다.

"섣불리 따라가지 마라!"

그때 곡해성의 목소리가 울려 퍼졌고, 뒤로 후퇴하는 모용세가 무사들을 따르던 육천룡문 무사들의 발걸음도 멈추었다.

"기관진식이군."

모용가 무사들이 후퇴한 쪽을 바라보던 곡해성이 다시 한 번 눈살을 찌푸리며 중얼거렸다.

만약 이대로 그냥 따라 들어갔다면 꽤나 많은 인원이 목숨을 잃었을 것이다.

"귀찮군."

기관진식을 파괴하는 것은 어렵지 않다. 육천룡문의 일반 무사들이라면 모르겠지만, 자신과 절정을 바라보는 무사 다섯만 있으면 충분히 파훼할 수 있었다.

다만 자신이 직접 들어가서 위험을 감수하고 진식을 파훼해야 한다는 것이 너무 귀찮았다.

“어쩔 수 없군.”

곡해성은 진식 안으로 발걸음을 옮겼고, 그런 곡해성이 들어가면서 보낸 전음을 들은 무사 다섯 명이 진식 안으로 따라 들어갔다.

第七章
모용세가

　기관진식 안으로 몸을 숨긴 모용세가 무사들은 일단 한숨 돌릴 수 있게 되었다.

　적들이 기관진식 안쪽으로 따라 들어오지는 않았지만 그 나름대로 시간을 번 것이다.

　"부상자와 사망자를 파악해라!"

　"예!"

　우국추는 일단 현 전력부터 파악하기 시작했다. 기관진식이 있다고는 하지만 그것은 어디까지나 적들이 안쪽까지 쳐들어오지 못하게 하는 방어막일 뿐, 실제로 싸워야 하는 것은 무사들이기 때문이었다.

“부상자 열 명에 사망자 열세 명입니다!”

“음…….”

우국추의 안색이 어두워졌다. 백 명 남짓 되는 인원에서 스무 명 이상의 전력 이탈은 엄청난 출혈이었다.

“일단 부상자를 치료하고, 오 인 일 조로 하여 기관진식 쪽을 살펴라! 적들이 어떻게 나올지 모른다!”

“예!”

우국추의 명령에 다섯 명의 무사가 진식 안쪽을 살피기 위해 움직였다. 그리고 나머지 사람들은 부상자들의 치료에 전념하였다.

심씨 역시 부상자 치료에 두 팔을 걷어붙이고 나섰다. 현재 여자라고는 그녀밖에 없었으며, 성격은 대장부 못지않았지만 오랜 세월 모용세가의 안주인으로 있으면서 익힌 세심함은 무사들이 따라갈 수 없었다.

“큰일 났습니다!”

한 시진 정도 흘렀을까? 순찰을 나갔던 무사 다섯 명 중 세 명이 온몸에 피칠을 하고 달려왔다.

상태로 보아하니 상처는 크지 않았지만 다른 사람의 피를 뒤집어쓴 것 같았다.

그 모습이 너무나도 흉측스러워서 다들 경악에 찬 표정으로 그들을 바라보았다.

“무슨 일이냐!”

“기관이… 기관이…….”

“자세히 얘기해 봐라!”

“무너지고 있습니다!”

무사들의 말에 우국추는 크게 당황하지 않았다. 시간이 좀 빠르기는 하지만 어차피 예상했던 일. 그것이 조금 당겨진 것뿐이었다.

“알았다.”

“그것이 다가 아닙니다!”

“뭐냐!”

“여섯이서 기관을 부수고 있습니다!”

“뭐라!”

소리친 것은 심씨였다. 모용가의 기관진식이 어떻게 만들어졌고, 그 위력이 얼마나 강한지 누구보다 잘 알고 있는 그녀였다.

그런데 그런 진식이 단 여섯 명에 의해 파훼당하고 있다는 사실에 충격을 받지 않을 수가 없었던 것이다.

“여섯이라고?”

“예!”

우국추 역시 뒤통수를 강타당한 듯한 큰 충격을 받았다.

기관진식을 뚫고 들어오기까지 적들도 적지 않은 피해를 입었을 것이라 생각하고 있던 그였다.

그리고 그렇게 되어야 하는 것이 정상이었다. 그런데 어떻게 여섯 명이 뚫고 들어온단 말인가!

"그게 사실이더냐!"

"예! 그 여섯에게 같이 갔던 두 명이 죽고 간신히 저희만 살아 도망쳐 온 것입니다!"

"알겠다! 서둘러 피를 닦아내고 준비하라!"

"예!"

"다들 준비하라! 적이다!"

우국추의 명령에 모용가 무사들은 일제히 검을 빼 들고는 앞쪽의 기관진식을 바라보았다.

쉬고 있을 때에는 몰랐는데, 알고 나니 조그맣게나마 무언가 부서지는 소리가 들리는 것도 같았다.

검을 잡은 모용가 무사들의 손에 힘이 들어갔다.

모용강과 남궁훈은 속도를 조금 높였다.

모용가의 기관진식과 심씨가 있다고는 하나 불안한 것은 어쩔 수 없었다.

지름길로 온 데다가 속도를 조금 더 높이니 이제 반 시진 정도 후면 모용가에 도착할 거리가 되었다.

"너희 둘!"

"예!"

모용강이 자신의 뒤를 바짝 따라오고 있는 모용가 무사들

중 두 명을 불렀다.

"너희 둘은 서둘러 달려가 세가의 동태를 살피고 와라!"

"예!"

모용강의 명령을 받은 두 무사는 조금 더 속도를 높여 그의 앞을 지나쳐 달려갔다.

"서두르는 것 같군."

"왠지 모르게 불길한 예감이 들어서 말이야."

"그런가?"

남궁훈의 말에 고개를 끄덕인 모용강의 표정은 언제부터인지 딱딱하게 굳어 있었다.

여유가 없는 표정.

원래부터 이런 표정을 지었어야 하는 것이 맞지만, 그래도 시종일관 어느 정도 여유를 가지고 있던 그였다.

물론 마음속에는 얼음보다도 더 차가운 칼날을 품고 있었지만.

그렇게 일각 정도 달렸을 때, 앞서 나갔던 두 명의 무사가 급히 돌아왔다.

보기에도 많이 지쳐 보이는 것이 전속력으로 달려온 모양이다.

"큰일 났습니다!"

"……?"

"세가의 정문이 박살나 있고, 기관진식도 파괴되어 있습니다!"

"뭐라!"

모용강은 놀란 표정을 지었다. 설마하니 이렇게 빨리 기관진식이 파괴되었을 것이라고는 미처 생각지 못했기 때문이다.

과거 그렇게 강했다던 마교의 무리가 와도 쉽게 파괴하기 어려울 정도로 대단한 기관진식이었다.

아무리 시간이 많이 흘렀다고는 하지만 이렇게 쉽게 파괴될 줄은 생각지 못한 모용강이다.

"서둘러라! 속도를 높인다!"

"남궁가 무사들 역시 속도를 높여라!"

모용강과 남궁훈의 외침에 모용가 무사들과 남궁가 무사들은 속도를 높여 모용세가로 달려갔다.

"사수하라!"

우국추의 외침이 그 어느 때보다도 더 처절하게 들렸다.

그는 이미 온몸을 피로 목욕을 한 상태였고, 쓰러져 있는 무사들 중엔 모용가 무사들의 숫자가 훨씬 많았다.

심씨 역시 고군분투하고 있었다.

비록 실전 경험이 일천하다고는 하지만 그래도 강한 무공은 그녀의 힘이 되고 있었다.

그녀의 공격에 육천룡문 무사들은 추풍낙엽처럼 쓰러져

갔고, 그녀의 공격을 보면서 힘을 얻는 모용가 무사들이기에 그나마 지금까지 버티고 있는 것이었다.

"가주님이 곧 오실 것이다! 버텨라!"

우국추가 거의 쉬다시피 한 목소리로 외쳤지만 기울대로 기운 전세 속에서 그의 목소리는 효력을 잃어가고 있었다.

"몰아쳐라. 곧 무너진다."

반면 작고 낮은 곡해성의 목소리는 육천룡문 무사들뿐만 아니라 모용가 무사들에게도 너무나 또렷이 들리고 있었다.

"다들 정신 못 차리겠느냐!"

그때, 주변의 적들을 쓸어버리고 조금 여유가 생긴 심씨가 고함을 질렀다.

그녀의 목소리에 모용가 무사들은 정신이 번쩍 드는 듯했다.

우국추의 목소리는 묻혔지만 남자들보다 고음인, 세가의 주모인 그녀의 외침은 모용가 무사들의 귀에 쏙쏙 박혔다.

"으아아아!"

모용가 무사들이 힘을 더 짜내려는 듯 기합을 내지르며 적들을 맞아갔다.

그 덕분인지 한없이 기울기만 하던 전세는 역전까지는 아니더라도 최소한 유지를 하는 형세가 되었다.

"저 여자, 거슬리는군."

곡해성이 인상을 찌푸렸다.

지금까지 육천룡문 무사들에게만 맡겨놓았는데 아무래도 자신이 나서야 할 시기가 온 것 같았다.

스윽.

한동안 멈추어 있던 곡해성의 발걸음이 다시금 움직이기 시작했다.

곡해성은 천천히 걸었다.

방해물은 없었다. 신기하게도. 아니, 있어도 그의 손길 한 번이면 모두 나가떨어졌다.

그의 시선은 오로지 심씨에게만 고정되어 있었다.

'확실한 승기를 잡으려면 우두머리를 쳐야 한다.'

오래된 명언 중의 하나였다.

우두머리 역할을 해오던 우국추의 명령은 효력을 잃은 지 오래. 이제 남은 것은 육천룡문 무사들도 고전을 면치 못하던 심씨밖에는 없었다.

심씨 역시 자신을 향해 걸어오고 있는 곡해성을 느끼고 있었다.

그녀 역시 무인이었기에 곡해성이 강하다는 것은 이미 알고 있었다.

'가주, 아무래도 모습을 뵙기 전에 먼저 가야 할 것 같습니다.'

모용강을 생각하며 그렇게 속으로 중얼거린 심씨가 검을
꽉 쥐고는 힘있게 외쳤다.

"와라!"

전속력으로 달렸다.

그 결과 반 시진 만에 모용가에 도착한 모용강과 남궁훈 일
행이었다.

"이, 이럴 수가!"

정문은 현판과 더불어 그 세가나 문파를 상징하는 것이라
할 수 있는 것이었다.

그런 정문이 산산조각 난 것을 본 모용강은 몸을 부르르 떨
었다.

두꺼운 나무에 쇠를 덧대어 만든 거대한 정문.

사람의 힘으로는 열기 어려울 뿐만 아니라 어지간한 충격
에는 미동도 하지 않는 문이었다.

그런데 그것이 산산조각 날 정도라면 실로 엄청난 괴력이
라 할 수 있었다.

"아무래도 안쪽 상황이 심상치 않은 것 같네."

남궁훈의 말에 모용강은 서둘러 안쪽으로 들어갔다.

안쪽으로 들어갈수록 모용강은 경악을 금치 못했다.

분명 기관진식은 파괴되어 있었다. 그러나 시체가 보이지

않는다. 기관진식에 목숨을 잃은 사람이 없다는 뜻.

말도 안 되는 소리였다.

기관진식 안쪽으로 들어가서 단 한 명의 피해도 없이 뚫기란 불가능했다.

아무리 그들의 실력이 뛰어나도 운이 없어 죽는 사람 한두 명은 있어야 정상이었다.

"서둘러 안쪽으로 들어간다!"

모용강이 소리치며 먼저 뛰어 들어갔고, 그 뒤를 모용가 무사들과 남궁훈을 앞세운 남궁가 무사들이 뒤따라 들어갔다.

"허억! 허억!"

심씨는 거친 숨을 몰아쉬고 있었다. 외상은 크게 없었지만 이미 심각한 내상을 입은 상태였다.

입을 타고 흘러내리는 피는 빨간 피가 아닌 시커멓게 죽은 피였다.

내상이 심각하여 창백한 안색에 검을 들기도 힘든 상황이었다.

"아직까지 버티다니. 실력이 대단한 것인가, 아니면 끈기인가? 아니, 발악이라고 보는 것이 옳겠군."

곡해성의 말에 심씨는 이를 악물었다.

질 것이라는 사실을 알고는 있었지만 그렇다고 쉽게 무너질 수는 없었다.

죽이지는 못하더라도 팔 한쪽이라도 가져가야 속이 편할 것 같았다.

"꽤 오래 끌었어. 하지만 불청객들도 온 것 같으니 빨리 끝내야겠어."

곡해성의 말에 심씨의 눈이 번쩍 뜨였다. 곡해성이 불청객이라 할 사람은 한 명밖에 없었다.

'가주!'

심씨는 저절로 힘이 솟는 것 같았다. 가까운 곳에 자신의 부군이 있다고 생각하니 없던 힘이 생겨났다.

스오오!

곡해성의 몸에서 지금까지와는 비교도 안 되는 기운이 느껴지기 시작했다.

순간 심씨는 허탈했다.

자신이 만신창이가 될 정도로 달려들었는데, 상대는 지금까지 여유를 두고 싸웠던 것이다.

곡해성의 두 손에 기운이 모이기 시작했다.

'가가!'

심씨는 직감적으로 자신의 마지막이 왔음을 느꼈다. 그렇지만 순순히 당해줄 생각은 조금도 없었다.

우웅!

그녀는 남아 있는 내력을 모두 쥐어짜 검에 모았다. 오장육

부가 찢어지는 것 같은 통증이 느껴졌지만 이를 악물고 참았
다.

그러자 잠시 멎었던 피가 다시금 입가로 흘러내리기 시작
했다.

내상으로 인한 피라기보다 통증을 참기 위해 이를 악물어
생겨난 피였다.

"히야압!"

심씨가 기합을 지르며 곡해성을 향해 검을 휘둘렀다.

위력적인 공격.

어디서 그런 위력이 나오는지 알 수는 없었지만 곡해성으
로서도 만만하게 볼 수 없는 공격이었다.

"그러나!"

곡해성은 크게 당황하지 않고 자신의 한 손으로 그녀의 검
을 막고, 나머지 한 손으로는 그녀의 심장 부근을 쳐갔다.

퍼억!

정확하게 가격하는 소리와 함께 심씨가 그대로 쓰러졌
다.

곡해성의 손에 가격당한 그녀의 심장이 몸 안에서 그대로
터져 버린 것이었다.

즉사였다.

"부인!"

그때, 피 묻은 검을 든 모용강이 모습을 드러냈다. 급한 마

음에 적들을 뚫고 달려온 그였다.

모용강의 시선은 심씨에게 고정되어 있었다.

천천히 허물어지는 그녀의 모습.

앞으로 달려나가 허물어지는 그녀의 몸을 붙잡아야 했지만 그의 발은 떨어지지 않았다.

어려서부터 평생을 함께해 온 자신의 부인. 그리고 한 명의 무인인 그녀가 적의 손에 무너지는 모습을 보는 모용강의 두 손은 부르르 떨릴 뿐이었다.

"이보게!"

남궁훈이 급히 달려왔다. 그 역시 불길한 예감이 들어 뒤는 수하들에게 맡기고 달려오는 길이었다.

"……!"

남궁훈 역시 바닥에 쓰러져 있는 심씨의 모습을 보고는 깜짝 놀랐다.

"이놈!"

모용강이 분노하여 곡해성을 향해 달려들러 하였다. 그러자 남궁훈이 급히 그의 팔을 붙잡으며 말렸다.

"침착하게!"

"놔!"

모용강은 이성을 잃기 직전이었다. 평생을 함께한 부인이 죽었는데 그 어떤 사람이 그러지 않겠는가.

짜악!

남궁훈의 손바닥이 모용강의 얼굴을 쳤다. 그러자 모용강은 놀란 눈으로 그를 바라보았다.

"자네가 충격을 받은 것은 알겠지만 함부로 덤벼서 이길 수 있는 상대가 아니야! 이성을 찾게!"

남궁훈의 말에 모용강은 크게 심호흡을 했다. 충격이 완전히 가신 것은 아니지만 지금은 적을 쓰러뜨리는 것이 우선이었다.

"다 끝났나?"

지금까지 둘의 모습을 지켜보고 있던 곡해성이 입을 열었다. 그러자 남궁훈과 모용강의 시선이 곡해성에게로 돌아갔다.

"안 덤빌 건가?"

곡해성의 말에 남궁훈이 모용강의 팔을 놓았다.

"자네 혼자 덤벼서는 이길 수 없네. 분하지만 나도 돕지."

남궁훈의 말에 모용강은 고개를 끄덕였다. 지금 이 상황에서 남궁훈이 있다는 것이 굉장히 고마웠다.

"고맙네."

"뭘."

짧게 대화를 주고받은 모용강과 남궁훈은 곡해성을 정면으로 마주 섰다.

"둘이 덤비겠다고? 뭐, 나야 상관은 없지."

곡해성이 자세를 잡고 두 명을 바라보았다.

"강하게 가세."

끄덕.

남궁훈의 말에 고개를 끄덕인 모용강은 내력을 끌어올려 검에 담았다.

남궁훈 역시 심호흡을 한 번 하고는 내력을 끌어모았다.

"히얍!"

"하압!"

남궁훈과 모용강이 동시에 기합을 지르며 앞으로 달려들었다.

복수심에 불타고 세가를 지켜야 한다는 마음으로 무장한 남궁가 무사들과 모용가 무사들은 거세게 육천룡문 무사들과 맞부딪쳐 갔다.

그에 기세 좋게 적들을 상대하던 육천룡문 무사들은 잠시 주춤하는 모습을 보였다.

지금까지 상대했던 적들과는 기세와 실력 면에서 차이가 컸기 때문이다.

그도 그럴 것이 지금 그들이 상대하는 무사들은 남궁가와 모용가의 정예들이었기 때문이다.

그 덕에 어느덧 육천룡문 무사들의 수는 반으로 줄어들었다.

남궁훈과 모용강의 공격은 굉장히 효율적으로 맞아떨어

졌다.

손발을 맞춰보는 것은 이번이 처음이었지만 오랜 친우인 두 사람의 마음은 그것을 가능케 했다.

모용강의 검이 그의 목을 노리고 날아들었다.

곡해성은 한 손으로 그의 검을 비껴내며 몸을 숙였다.

그러자 남궁훈이 그의 가슴을 노리고 검을 찔렀다.

"헛!"

곡해성이 헛바람을 들이키며 몸을 뒤쪽으로 뉘었다. 중심이 조금 흐트러졌지만 필사적으로 다리에 힘을 주어 버텨내는 그였다.

쉬익!

찌엉!

몸을 뒤로 눕힌 상태에서 곡해성은 두 손을 위쪽으로 뻗어 자신의 양팔을 노리는 두 개의 검을 쳐냈다.

강한 반동으로 모용강과 남궁훈이 멈칫하는 순간, 곡해성이 튕기듯 몸을 일으켰다.

그리고는 잠시 거리를 벌렸다가 자신이 먼저 둘을 향해 뛰어들었다.

"어딜!"

모용강이 먼저 몸을 회전시키면서 그의 가슴을 향해 검을 휘둘렀고, 곧이어 남궁훈이 주저앉으며 그의 하단전 쪽을 향해 검을 찔렀다.

“어림없다!”

그때 곡해성의 몸이 빠른 속도로 회전하며 둘의 검을 비껴
갔다.

의외의 상황에 허공을 가른 검을 미처 회수하지 못한 남궁
훈과 모용강은 그대로 곡해성에게 등을 내준 꼴이 되었다.

파악!

곡해성이 땅을 박찼다. 그가 향한 쪽은 남궁훈이 있는 쪽이
었다.

“안 돼!”

퍼엉!

“크악!”

“모용강!”

곡해성의 두 손이 모용강의 등을 내리찍었다. 등에 그의 손
바닥만큼의 공간이 움푹 파이며 안쪽에 있던 장기들이 터져
나갔다.

“쿨럭!”

“이보게, 모용강!”

남궁훈이 놀라 모용강을 소리쳐 불렀다. 남궁훈에게 향하
는 공격을 모용강이 몸을 던져 막아낸 것이었다.

“쓸데없는 짓을 했군. 가만히 있었으면 살 수도 있었을 텐
데.”

곡해성이 조소를 날리며 말했다. 하지만 남궁훈에게 그의

말은 들리지 않았다.

"이보게!"

"꼭… 죽여… 주게……."

그 말을 남기고 모용강은 숨을 거두었다. 공교롭게도 그가 쓰러진 곳 바로 옆에는 심씨가 누워 있었다.

스륵.

모용강을 조심스레 바닥에 눕힌 남궁훈이 자리에서 일어섰다.

"죽여야 할 이유가 하나 더 늘었군 그래."

남궁훈은 분노와 슬픔을 억누르며 곡해성을 향해 입을 열었다.

그의 몸에서 무시무시한 기세가 뿜어져 나왔지만 시종일관 여유로운 곡해성의 표정에는 변화가 없었다.

"눈물나는군. 친우를 위해 대신 죽고, 그 덕분에 목숨을 건진 사내의 복수라."

비꼬는 듯한 곡해성의 말에 흥분할 법도 하건만, 남궁훈은 침착했다.

한때 검존이라고 불리던 사내다.

산전수전 다 겪어본 그이기에 이 정도의 격장지계에는 쉽게 넘어가지 않았다.

"말은 필요없겠지."

순간 남궁훈의 신형이 사라지듯 움직였다.

보이지 않는 움직임. 하지만 곡해성은 여유롭게 우측을 향해 팔을 뻗었다.

콰앙!

엄청난 소리. 그와 함께 살기등등한 표정의 남궁훈이 모습을 드러내었다.

반면 곡해성의 표정은 살짝 찌푸려졌다.

뚝. 뚝.

남궁훈의 검을 막은 그의 손에서 피가 조금씩 흘러내리고 있었던 것이다.

빠른 공격에 대응하기는 했지만 그가 생각했던 것보다 남궁훈의 공격이 훨씬 더 위력적이었기에 생긴 결과였다.

"사람이군."

한마디 툭 던진 남궁훈이 다시금 사라졌다. 이번에는 방금 전보다 더 빠른 움직임이었다.

스윽.

뒤로 한 발 물러선 곡해성은 앞쪽으로 두 손을 뻗었고, 다시 한 번 남궁훈의 검과 충돌했다.

콰쾅!

"음……."

신음 소리. 분명 곡해성의 입에서 흘러나온 소리는 신음 소리였다. 남궁훈의 빠르고 강한 공격이 먹혀들고 있다는 반증이었다.

그때부터 남궁훈은 쉴 새 없이 몰아쳤다.

그런 남궁훈의 공격을 곡해성은 여유롭게 막아갔다. 아니, 막는 것처럼 보였다.

하지만 여유롭던 그의 표정은 점점 굳어갔으며, 흘리지 않던 땀도 조금씩 이마에 맺히고 있었다.

여유를 잃고 다급해지면 실수라는 것이 나오기 마련이다.

지금 상황이 그랬다.

"하압!"

빠르게 움직이던 남궁훈이 속도를 줄이면서 강한 힘을 담아 곡해성을 향해 내리찍었다.

곡해성은 재빨리 내력을 끌어올림과 동시에 두 팔을 들어올려 그의 검을 막았다.

서격!

지금까지와는 전혀 다른 소리가 들렸다.

무언가가 잘리는 소리. 그리고 바닥으로 그 무언가가 떨어졌다.

툭.

"끄악!"

곡해성이 외마디 비명을 질렀다. 그리고는 잘린 왼팔 부근의 혈을 짚어 지혈을 하기 시작했다.

"헉! 헉!"

남궁훈도 거칠게 숨을 쉬었다. 숨쉴 틈 없이 계속해서 몰아치다 보니 자신도 지친 것이었다.

곡해성이 식은땀을 흘리며 남궁훈을 바라보았다. 설마하니 자신이 이렇게까지 당할 줄은 꿈에도 생각지 못한 그였다.

"무기 하나 뺐었군."

남궁훈이 호흡을 진정시키며 몸을 바로 했다. 그리고는 지혈을 했음에도 아직 피가 흐르는 팔을 붙잡고 있는 곡해성을 내려다보았다.

"이번에는 팔 하나지만, 다음번에는 네놈의 모가지가 날아갈 것이다."

남궁훈의 말에 곡해성은 사납게 그를 노려보며 자리를 박차고 일어섰다.

"팔 하나 잘렸다고 해서 바뀌는 것은 아무것도 없다."

"그래? 해봐."

전세가 완전히 역전되었다. 얼마 전까지만 해도 모용강과 남궁훈 두 명을 상대로 여유를 잃지 않았던 곡해성.

하지만 지금은 남궁훈에게 한 팔을 잃어 창백해진 안색으로 식은땀을 흘리고 있었다.

파앗!

곡해성이 빠르게 움직였다. 도저히 팔 한쪽이 잘린 중상을 입은 사람의 움직임으로 생각하기 어려웠다.

하지만 한번 기세가 오른, 그 어느 때보다 집중력이 높아진 남궁훈은 곡해성의 움직임을 놓치지 않았다.

촤악!

"끄악!"

이번엔 어디가 잘리지는 않았지만 곡해성의 가슴에 깊은 자상이 생겼다.

뿜어져 나오는 붉은 피.

"빗나갔군."

남궁훈의 한마디에 원래 창백했던 곡해성의 안색이 더욱더 창백해졌다.

"이번에는 제대로 목을 노리겠다."

남궁훈의 공언. 곡해성은 다시 한 번 이를 악물었다.

파박!

남궁훈이 먼저 자리를 박차고 몸을 날렸다. 그리고 곡해성도 몸을 움직였다.

주르륵.

격한 움직임에 곡해성의 가슴에 생긴 자상이 더욱더 벌어져 많은 양의 피가 흘러내리고 있었다.

조금 더 흘리면 거의 치사량. 하지만 피를 많이 흘려 죽어도 죽는 것이고, 남궁훈의 검에 목이 잘려 죽어도 죽는 것이라는 생각을 하며 곡해성은 이를 악물었다.

촤라락!

촤라락!

두 사람의 발이 땅을 끌며 쭉 미끄러졌다. 그리고 서로 반대 방향을 보고 멈춰 섰다.

"후우."

남궁훈이 자세를 바로하며 검을 갈무리했다.

스르륵. 톡.

푸슈슈슈!

그리고 그 순간 곡해성의 목이 떨어지며 그의 목이 있던 자리에서 피가 분수처럼 솟구쳤다.

육천룡문 고수 중의 한 명인 곡해성이 그대로 목숨을 잃은 것이었다.

"이보게, 이제 편히 쉬시게."

남궁훈이 모용강의 시신 곁으로 다가가 조용히 말했다. 그리고는 아직도 육천룡문 무사들과 싸우고 있는 남궁가 무사들과 모용가 무사들이 있는 쪽으로 걸어가 소리쳤다.

"적장이 무너졌다!"

그의 외침에 한순간 그 자리에서 싸우고 있는 모든 사람들의 움직임이 멈추었다.

곡해성의 죽음, 그리고 남궁훈의 외침.

육천룡문 무사들에게는 충격을, 남궁가와 모용가 무사들에게는 환희를 가져다주는 말이었다.

"남은 적을 주살하라!"

"예!"

남궁훈의 외침에 남궁가 무사들뿐만 아니라 모용가 무사

들까지도 힘차게 대답했다.

이빨 빠진 호랑이는 여우도 무시하는 법이다.

곡해성이 빠진 육천룡문 무사들은 말 그대로 이빨 빠진 호랑이 신세. 그동안 여우 취급을 받았던 모용가 무사들과 남궁가 무사들은 힘없는 호랑이를 몰아붙이기 시작했다.

그로부터 반 시진.

이빨 빠진 호랑이가 쓰러지는 데에는 많은 시간이 필요하지 않았다.

사방에 널린 시체들. 모용가와 남궁가 무사들의 시체도 있었지만 대부분은 육천룡문 무사들의 시체였다.

이렇게 모용가에서 벌어진 혈투는 막을 내렸다.

第八章
일보후퇴

모용세가에서의 싸움은 곧바로 정파무림 곳곳으로 전달이 되었다.

남궁가는 무너졌지만 모용가는 살아남았고, 적장인 곡해성을 쓰러뜨렸다는 사실은 그들에게 환희를 가져다주기 충분한 소식이었다.

하지만 모용가주 모용강과 그의 부인인 심씨의 죽음은 그러한 분위기를 이내 숙연하게 만들었다.

공동과 황보가가 무너졌고, 남궁가 역시 무너졌지만 모용가가 살아남았다.

그리고 적장 중 한 명이 죽었다.

이제 모든 이들의 시선은 최대 결전지인 무당으로 쏠리고 있었다.

운현은 기뻐하지도, 그렇다고 슬퍼하지도 않았다.

적을 꺾은 것은 분명 기뻐해야 마땅한 일이었지만 그 일로 인하여 사마궁은 총공격을 감행해 올 것이었다.

그렇게 된다면 수적으로 열세인 자신들이 불리한 것은 분명한 일이었다.

운현의 이마에 주름이 잡히기 시작했다.

사마궁 역시 운현과 비슷한 생각이었다.

모용강을 잡은 건 기뻐해야 할 일이지만 남궁훈이 건재하다는 사실과 곡해성의 죽음은 그에게 있어 생각을 복잡하게 만들었다.

곡해성이 살아 있다면 중원무림의 시선을 분산시킬 수 있겠지만, 그가 죽은 이상 이제 모든 시선이 자신들에게 쏠려 있기 때문이다.

자신들이 이기면 중원무림이 아작나는 것이지만, 반대로 뒤집어 생각해 보면 자신들을 막으면 중원은 무사한 것이었다.

그렇다면 그들로서는 무당에 모든 힘을 집중해 자신들을 막으면 그만이었다.

"어떻게 하겠느냐?"

“고민입니다.”

상인모의 물음에 사마궁이 수심 가득한 표정으로 대답했다.

“전체적인 흐름으로 보았을 때 유리한 것은 우리다.”

“금선도 때문입니까?”

“그래, 이곳에서 무리할 필요는 없어.”

“후퇴를 하는 것이 좋겠다는 말씀이십니까?”

“내 생각은 그렇다. 하지만 지금은 네 생각이 가장 중요하다. 네가 우리를 이끄는 우두머리니까.”

그의 말에 사마궁은 고개를 끄덕였다.

“후퇴해도 문제고, 싸움을 강행해도 문제입니다.”

“물론이다. 후퇴를 하면 적들의 기세가 살 것이요, 강행한다고 해도 확실하게 이긴다는 보장을 할 수가 없겠지.”

“물러나는 것이 좋을 것 같습니다. 재정비를 하고 다른 작전을 구상해 보지요.”

“잘 생각했다.”

그로부터 이틀 후 호북성에 집결해 있던 육천룡문 일행은 정파의 눈을 피해 슬그머니 후퇴했다.

미리 개방에 손을 써두었기에 가능한 일이었다.

그리고 그들이 후퇴했다는 사실을 무당에서는 이틀이 지난 후에야 알 수 있었다.

육천룡문 무사들이 후퇴하자 한동안 휴전 상태가 지속되

었다.

남궁가와 모용가는 세가 재건을 위해 일단 세가로 돌아갔다. 단기간에 다시 세울 수는 없겠지만 적어도 안정화시켜 놓겠다는 생각이었다.

그들뿐만이 아니라 각 문파들 역시 일단은 각자의 자리로 돌아갔다.

지친 몸을 쉬게 하고 힘을 비축하여야 다음 싸움에 대비할 수 있는 것이다.

아직 싸움은 끝나지 않았다.

휴전이 되자 운현은 수련에 매진했다.

무당파 내가 아니라 무당산 깊숙한 곳에 들어가 홀로 수련했다.

가끔 정미현이나 초가인이 먹을 것을 가져다주는 것 빼고는 아무도 그곳에 접근하지 못하도록 했다.

적들이 언제 다시 일어설지 모르는 상황이기 때문에 폐관수련까지 할 수는 없는 만큼 이렇게라도 해야 했다.

자리를 잡고 앉은 운현은 바로 수련에 들어가지 않고 생각과 명상으로 시간을 보냈다.

그동안 너무 마음의 여유없이 생활을 했고, 합룡기를 이루었음에도 그렇지 않은 사마궁과 동률을 이루었기 때문이다.

'합룡기가 다가 아니다!'

합룡기를 이루면 모든 것이 끝일 것이라 생각했던 운현으로서는 자신의 지난날들을 다시금 되새겨 보는 소중한 시간이 되었다.

'세 가지 기운이 한데 어우러져 하나의 기운이 되니, 그것이 바로 합룡기다. 그리고 그것을 가능하게 만드는 기운은 뿌리가 되는 황룡기. 하지만 나에게는 그것이 전부가 아니다.'

운현의 내기는 중원에 나타났던 그 어떠한 천하제일 고수라 하여도 쉽게 자신이 낫다 하기 어려울 정도로 방대한 양을 자랑하고 있었다.

'무공은 내기가 전부가 아니다. 내가 가지고 있는 검법, 각법, 권법 등 모든 것을 아우르는 것이 무공이다.'

하나씩 자신의 생각을 정리해 나가던 운현이 내린 결론은 단 한 가지였다.

'궁극적으로 나는 무의 끝을 보지 못했다!'

무의 끝.

무공을 익히는 모든 사람들이 꿈꾸는 궁극의 목표. 무의 끝.

운현의 무공은 현재 중원에 존재하는 고수들 중 가장 강하다 할 수 있었다.

하지만 그것은 내기의 양에 비례하는 강함일 뿐, 여타 다른 것은 그렇지 않았다.

초식의 능숙함과 경험. 이것 역시 젊은 나이지만 웬만한 노고수들보다 훨씬 더 많이 가지고 있었다.

문제는 깨달음.

그것은 능숙함이나 경험을 쌓는다 하여 쉽게 얻어질 수 있는 것이 아니었다.

번쩍.

운현은 눈을 떴다. 그리고 자리에서 일어났다.

우두두둑!

온몸에서 뼈마디가 끊어지는 것 같은 소리가 들렸다. 무당산 깊숙한 곳에 자리 잡고 앉아 자신의 생각을 정리하며 명상을 시작한 지 보름 만의 일이었다.

사천으로 후퇴한 사마궁은 정신이 없었다.

곡해성의 죽음과 생각보다 많은 피해로 인하여 어수선한 육천룡문을 다잡는 데 총력을 기울였다.

그나마 상인모가 옆에서 거들었기 때문에 이 정도였지 안 그랬으면 몸이 열 개, 하루가 열두 시진이라도 모자랐을 것이다.

그렇게 한 달이라는 시간이 흐르고 육천룡문도 어느 정도 안정이 되어가자 겨우 여유를 가지게 되었다.

"이제 어떻게 할 생각이냐?"

"생각을 해봐야지요. 그동안 너무 정신이 없었습니다."

"그렇지. 그래도 짬짬이 생각을 했을 것 아니냐?"

"물론 그렇기는 하지요."

사마궁의 거처에 모인 상인모와 사마궁은 앞으로의 일에 대해서 구체적으로 이야기를 시작했다.

"아무래도 금선도를 써야 할 것 같습니다."

"벌써?"

"예. 그것이 가장 확실한 방법입니다."

"하지만 그만큼 위험 요소도 크다."

"알고 있습니다. 하지만 금선도만 안 빼앗기면 되는 것 아 닙니까?"

"물론이다."

"그렇다면 어느 정도 피해는 감수해야지요."

"음…….."

자신보다 더 완벽을 기하는 사마궁의 입에서 피해를 감수 한다는 말이 나오자 상인모는 조금 의외라는 표정을 지었 다.

"의외로구나."

"그렇습니까?"

"그래. 아무튼 좀 더 구체적으로 얘기해 봐라."

"그렇게 하지요."

사마궁과 상인모는 심각한 표정으로 대화를 나누기 시작

했다.

서로의 의견에 자신의 생각을 피력하고 개진하는 모습에서 대단한 열의가 느껴졌다.

"금선도를 창이에게 주고, 그 아이로 하여금 세상에 나가 혈우광풍을 일으키게 만들겠단 말이냐?"

상인모의 물음에 사마궁은 말없이 고개만 끄덕였다.

"찬성 못한다. 어찌 같은 식구를 이용한단 말이냐!"

"대를 위하여 소를 희생하는 것은 흔히 있는 일입니다."

"하지만 대를 이루기 위해 함께 싸우는 가족이 소가 될 수는 없는 일이다."

"좋습니다. 그럼 다르게 생각해 보지요. 창이, 그 녀석은 지금 이 상태로 두면 폐인만 될 뿐입니다. 차라리 금선도를 주어 복수의 기회를 주고, 마음 편하게 해주는 것이 더 좋지 않겠습니까?"

"물론 좋은 생각이다. 하지만 그것 때문에 창이에게 금선도를 주려는 것이 아니지 않느냐?"

"목적이야 어떻게 되었든 결과는 똑같습니다."

사마궁의 말에 상인모는 빤히 그를 바라보았다. 가끔 느끼는 것이지만 명석하면서도 어떤 때에는 굉장히 차가운 사마궁이었다.

"모르겠다. 솔직히 나는 네 생각이 옳다고 느껴지지는 않는구나."

“사실 그렇게 따지고 보면 저희가 이루려는 대업 역시 옳은 일은 아니지요. 우리의 원한 때문에 무고한 사람들까지도 죽이는 것이니.”

사마궁의 말에 상인모는 할 말이 없어졌다.

“네가 알아서 하려무나. 어차피 나는 결정권이 없는 몸. 어르신들께는 네가 잘 알아서 말씀드리고.”

“알겠습니다.”

대답하는 사마궁을 보며 상인모는 작게 한숨을 쉬었다.

여섯 노인은 육천룡문의 일에서 거의 손을 뗐다. 자신들이 직접적으로 나서지 않아도 문은 원활하게 잘 돌아가고 있었고, 자신들이 직접 싸울 일도 없었기 때문이다.

하지만 그것이 그들에게 있어서 좋은 것만은 아니었다.

신경 쓸 일이 줄어들기는 했지만 가만히 않아서 안 좋은 소식도 들어야 했기 때문이다.

“그 아이도 죽었구나.”

종리호가 쓸쓸하게 중얼거렸다. 자신의 제자인 홍소담이 죽고 남은 제자인 초가인이 문을 떠났을 때 죽이고 싶은 마음이 들 정도로 화가 났지만 막상 죽었다는 소식을 접하자 그런 마음은 온데간데없이 사라졌다.

자신도 제자를 잃은 경험이 있기에 지금 독고천이 어떤 심정일지도 잘 알고 있었다.

　제자를 잃은 슬픔. 그것은 그들에게 있어서 세상 전부를 잃은 것과 같은 것이었다.

　"어르신들."

　여섯 노인이 모여 있는 방 밖에서 사마궁의 목소리가 들렸다.

　그 목소리에 죽은 곡해성을 생각하며 조용하던 그들의 방이 환기되었다.

　"들어오너라."

　문이 열리고 사마궁이 안으로 들어섰다. 곡해성의 죽음으로 슬픔을 많이 느꼈지만 사마궁의 얼굴을 보니 너무나도 듬직했다.

　"그래, 무슨 일이냐?"

　"상의드릴 것이 있어서 찾았습니다."

　"상의? 우리에게 굳이 상의하지 않아도 될 텐데? 이미 육천룡문의 모든 것은 너에게 넘겼다. 네가 어떤 결정을 내리든 우리는 상관없다."

　"그래도 말씀을 드리는 것이 나을 것 같습니다."

　"음… 말해봐라."

　백성익의 말에 살짝 고개를 끄덕인 사마궁이 입을 열었다.

　"현재 저들과 우리의 상황은 비슷합니다. 처음에는 우세했던 우리의 힘도 저들이 규합하기 시작하면서 비등해졌지요. 이길 자신은 있지만 계속해서 이렇게 싸운다면 저희도 엄청난 피해를 입게 될 겁니다."

"그래서?"

"전환점이 필요합니다. 전체적인 전력이 강화된 상황에서 중요한 것은 고수 한 명의 힘이나 적들의 힘을 다시 분산시킬 수 있는 무언가입니다."

"그렇지."

"그래서……."

"그래서?"

"금선도를 사용했으면 합니다."

"음……."

노인들 사이에서 신음이 터져 나왔다. 금선도는 최후의 보루로 생각하고 있는 육천룡문의 비기이다. 그런데 그것을 사용한다는 것은 그만큼 상황이 좋지 않다는 것과 마찬가지였다.

"금선도를 어찌 사용한단 말이더냐?"

"그것을 창이에게 주려고 합니다."

"창이에게?"

"예."

단창의 이름이 나오자 독고천이 눈을 빛내며 물었다.

"창이는 지금 곡 사형의 죽음으로 거의 폐인이 되어가고 있습니다. 목표로 생각했던 사형의 죽음으로 충격을 받아 가야 할 방향을 잃었으니 혼란스러울 것입니다."

“금선도를 준다고 해서 그것이 달라지겠느냐?”

“달라질 수 있지요. 하지만 위험하기도 합니다.”

“음?”

“금선도는 모든 인간을 현혹시킬 수 있는 물건입니다. 금선도를 창이가 가진다면, 금선도의 알 수 없는 힘에 휩쓸려 광인이 될지도 모르지요. 반대로…….”

“반대로?”

“예. 반대로 이겨낸다면 그 어떤 고수와 싸워도 지지 않을 힘을 가지게 될 것입니다.”

“하지만 금선도는 중원인들이 흔히 말하는 마도(魔刀)와는 다른 성격의 물건이다. 사람을 조종하여 힘을 내게 하는 것은 불가능할 텐데?”

사마소의 물음에 사마궁이 고개를 저었다.

“아닙니다. 광혈천마도의 경우가 그것을 증명하고 있습니다.”

“광혈천마도?”

“예.”

뜬금없이 사마궁의 입에서 광혈천마도라는 이름이 튀어나오자 노인들은 어리둥절한 표정으로 그를 바라보았다.

“그자는 무공을 익힌 사람이 아닙니다. 발달된 근육이나 움직임을 보면 알 수 있습니다. 하지만 그자는 수많은 무림인들을 상대로 살아남았고, 상 사형도 생각보다 애를 먹었다고 들었습니다. 그것이 어떻게 된 일일까요?"

"그렇다면?"

"예. 저희가 모르는 그 어떤 것이 있다는 말입니다. 그것에 기대를 하는 겁니다."

"그것에 기대를 하기에는 확률이 너무 낮지 않느냐?"

"하지만 가능성이 있는 일을 불확실성을 들어 하지 않는다면 나중에 후회하는 일이 생기기도 합니다."

"과연 창이가 금선도의 기운을 이겨낼 수 있겠느냐?"

"믿어야지요, 그 녀석의 의지를."

믿어보자는 사마궁의 말에 독고천은 걱정스런 표정으로 그를 바라보았다.

끼이익.

오랜 시간 사용하지 않았는지 문이 열리며 요란한 소리를 냈다.

"안에 있느냐?"

어두컴컴한 방. 빛 한줄기 들어오지 않는 그런 방이었다.

"안에 있느냐?"

사마궁이 한 번 더 물었다. 하지만 여전히 안에서는 기척이 없었다.

단창이 안에 있다는 것을 알고 있는 사마궁인지라 안으로 한번 들어가 볼까란 생각도 했지만 오늘은 이만 돌아가는 것이 낫겠다 싶어 몸을 돌렸다.

"누구냐."

그때 단창의 목소리가 들려왔다. 하지만 평소 단창의 목소리와는 무언가가 달랐다.

스산하고 음산한 목소리. 귀신의 소리가 있다면 이런 소리라 해도 믿을 정도였다.

"창이냐? 나, 사마궁이다."

"……."

대답이 없었다. 하지만 사마궁은 계속 문가에 서서 기다렸다.

"문 좀 닫아. 눈부시다."

또다시 들려온 단창의 말에 사마궁은 고개를 끄덕이며 문을 닫았다.

그러자 다시금 한 치 앞도 보이지 않는 칠흑 같은 어둠이 방을 뒤덮었다.

"무슨 일이냐?"

"너 때문이다."

"……."

"언제까지 이러고 있을 거냐?"

사마궁의 물음에 단창은 대답하지 않았다. 자신도 언제까지 이러고 있을지 모르는데 어찌 대답을 하겠는가.

"죽은 곡 사형이 이런 너의 모습을 보면 퍽이나 좋아라 하시겠군."

"닥쳐!"

비꼬는 사마궁의 말에 단창이 소리쳤다. 하지만 사마궁은 계속해서 말을 이었다.

"사형이 죽었다고 이렇게 방구석에만 처박혀서 뭘 어쩌겠다는 거냐! 네 사형은 대업을 이루기 위해 싸우다가 돌아가셨다! 그런데 넌 여기서 이러고 있는 거냐!"

"닥쳐!"

계속 같은 말만 반복하는 단창이었다. 그 모습에서 사마궁은 사형을 잃은 단창의 슬픔을 고스란히 느낄 수 있었다.

"나에게 뭘 어쩌라는 거냐. 사형이 죽고, 난 도대체 무엇의 뒤를 따라 달려야 한단 말이냐."

낮게 읊조리는 단창에게 다가간 사마궁이 부드럽게 입을 열었다.

"복수해라."

"복수……."

"그래, 복수."

"나에겐 힘이 없다."

"주겠다."

"……?"

힘을 주겠다는 사마궁의 말에 단창이 슬며시 고개를 들었다.

“힘을 주면 복수할 테냐?”

“한다.”

“좋아, 주지.”

“네가 어떻게…….”

척.

사마궁은 가져온 금선도를 그의 앞에 내려놓았다.

“이것이 무엇이냐?”

“금선도.”

금선도라는 말에 단창의 눈이 번쩍 뜨였다. 대업을 이룰 보물인 금선도를 보게 된 것이었다.

“이것이… 금선도라는 말이냐?”

“그래, 복수는 이것으로 한다.”

“날 보고 금선도를 들고 싸우라는 말이냐?”

“그래. 하지만 조심해야 돼. 금선도에서 알 수 없는 기운이 뻗쳐 나와 사람의 이지를 제압한다. 네가 그 기운을 이겨내야만 진정한 복수를 할 수 있을 것이야.”

사마궁의 말에 단창의 시선이 금선도로 향했다. 그리고 그 순간 금선도에서 알 수 없는 기운이 단창을 향해 쏘아졌다.

“……!”

“느꼈지?”

“그래.”

“이겨낼 수 있겠어?”

“이겨내겠다.”

“좋아, 믿는다. 너는 복수를 하고, 우리는 대업을 이룰 수 있는 최선의 선택이 될 거다.”

사마궁의 말에 단창은 고개를 끄덕였다. 그리고는 곧바로 금선도에게로 시선을 돌렸다.

이로써 잡아먹으려는 금선도와 잡아먹히지 않으려는 단창의 싸움이 시작된 것이다.

사마궁은 자리에서 일어나 문을 열고 밖으로 나갔다. 방문은 열어둔 채로.

운현의 수련은 수련 같지 않았다.

천천히 검을 휘두르는데, 검법을 펼치는 것이 아니라 마치 춤을 추는 것 같이 흐느적거렸다.

딱 보기에도 허점이 많은 동작들이었다.

그런 것을 수련해서 어디에 도움이 될지는 모르겠지만 운현은 이마에 땀방울까지 흘려가며 열심히 하고 있었다.

가끔 밥을 가져다주는 초가인과 정미현 역시 도대체 운현이 무엇을 하는 것인지 알 수가 없었다.

궁금하여 물어보려 해도 운현이 워낙 집중하여 열심히 수련하는 중이라 도저히 물어볼 엄두가 안 났다.

다만, 운현이 하는 수련이기에 어떤 이유가 있을 것이라 짐작할 뿐이었다.

그렇게 세 시진 정도 검을 휘두르고 난 운현은 모든 동작을 멈추고 쉬는 시간을 가졌다.

식사와 명상을 하면서 한 시진 정도의 휴식을 취한 다음에는 또다시 수련에 들어갔다.

이번에는 검을 들고 하는 수련이 아닌 권법과 각법을 주로 수련하는데, 이것 역시 검법 수련과 마찬가지로 흐느적거렸다.

전혀 힘이 실리지 않은, 마치 연체동물이 흐느적거리는 듯한 움직임. 실전에서 결코 써먹을 수 없을 것 같은 움직임이었다.

그렇게 보름의 시간이 더 흘렀다.

그때부터 운현의 동작에 조금씩 변화가 생겼다.

그저 흐느적거리기만 하던 동작에 조금씩 힘이 실리기 시작한 것이다.

파앙!

내기를 모아 압축하여 공기를 때리는 소리. 그전까지는 단순히 흐느적거리는 동작이었지만, 분명 공기를 때릴 때에는 힘이 실리고 있었다.

그뿐만이 아니었다.

단순하던 동작에 몇 가지 동작들이 추가되기 시작했다.

그 동작들 역시 흐느적거리기는 마찬가지였지만 기존의 동작들과 연결되어 좀 더 많은 움직임을 보이니 이제 조금 무공 같은 느낌을 주었다.

그렇게 두 달의 시간이 더 흘렀다.

파앙! 팡!

"헉! 헉!"

운현은 거친 숨을 쉬고 있었다. 힘이 많이 드는지 안색도 창백해졌다.

지금 운현은 내기를 전혀 사용하지 않고 수련을 하고 있었다. 그러니 당연히 힘들 수밖에.

안색이 하얗게 질린 운현은 제대로 서 있을 힘도 없는지 그대로 바닥에 주저앉았다.

"운현!"

식사를 가지고 올라오던 정미현이 깜짝 놀라 운현에게 달려갔다.

"왜 그래요?! 괜찮아요?!"

"괘, 괜찮아."

운현이 힘겹게 대답했다. 말이 괜찮지, 그의 상태는 전혀 괜찮아 보이지 않았다.

"정말이에요? 안색도 창백하고, 몸에 힘이 하나도 없는데요?"

"괜찮아."

운현이 조금 안정되었는지 바로 앉으며 말했다.

"밥이지?"

“아, 네.”

운현이 밥을 찾자 정미현은 서둘러 가져온 식사를 꺼냈
다.

“어?!”

식사를 꺼내던 정미현이 놀란 듯 소리를 질렀다. 아까 운현
의 안색이 창백한 것을 보고 놀라 달려오다가 엎어져 음식이
전부 뒤섞여 엉망이 되어 있었던 것이다.

“아, 미안해요.”

정미현이 정말로 미안하다는 표정을 지으며 운현을 바라
보았다.

“괜찮아.”

운현은 배가 많이 고팠지만 운기 한 번으로 어느 정도 허기
를 잊을 수 있기에 애써 미소를 지었다.

꼬르르르륵.

하지만 몸은 머리를 따라주지 않았다. 정미현이 매우 미안
해하기에 괜찮다고 말했건만 배에서는 밥 달라고 아우성치는
소리가 들려왔다.

“하하하…….”

운현은 어색하게 웃었다. 정미현 역시 미안한 표정을 지으
면서도 재미있다는 듯 살짝 미소를 지었다.

“얼른 내려가서 다시 가져올게요.”

“아, 괜찮은데!”

운현이 괜찮다고 했지만 정미현은 서둘러 자리에서 일어나 산 밑으로 내려가기 시작했다.

그런 그녀의 뒷모습을 보면서 운현은 행복한 미소를 지었다.

잠시 후, 정미현이 식사를 새로 가져왔다. 아까 엎었기 때문인지 조심스럽게 천천히 걸어 올라오는 모습이 보였다.

"다시 안 가져와도 되는데……."

말은 그렇게 해도 기분은 좋아 보이는 운현이었다.

"어떻게 그래요? 안 그래도 안색이 안 좋아서 걱정인데. 괜찮은 거죠?"

"그럼, 수련이 힘들어서 그래."

"그런데요, 도대체 무슨 수련을 하는 거예요? 무공 수련 같지는 않은데……."

"그렇게 보여?"

운현의 물음에 정미현은 '아니냐?'라는 뜻을 담은 눈빛으로 운현을 바라보았다.

"수련이야. 무공 수련."

"정말요? 그 흐느적거리는 동작으로는 아무것도 못할 것…… 아, 죄송해요."

무공 수련이라는 말에 살짝 흥분하여 말을 하던 정미현은 서둘러 사과했다.

"아니야. 누가 보던 그런 생각을 할 텐데, 뭐. 그런데 이 수련이 끝나면… 난 분명 한 단계 더 강해져 있을 거야."

운현의 말에 정미현이 놀란 듯 그를 바라보았다. 지금도 충분히 강한데 여기서 어떻게 더 강해진다는 말인가?

"더 강해진다고요?"

"그럼."

"지금보다 더 강한 운현은 상상이 안 가요."

정미현의 말에 운현은 그저 웃기만 할 뿐이었다. 자신이 수련을 끝내고 내려갔을 때 자신을 바라보는 사람들의 시선을 상상하면서.

휴식기는 길었다.

한두 달에 그칠 것이라 생각했던 휴식기는 반년이 흐르도록 지속되었다.

육천룡문의 경우 금선도를 가진 단창이 준비될 때까지 기다리려는 생각이었고, 정파 쪽에서는 그동안 입은 피해의 복구와 운현의 수련이 끝나기를 기다리고 있었다.

그렇게 일 년이라는 시간이 더 흘렀다.

"후우……."

단창은 거친 숨을 내쉬었다. 온몸을 적신 땀. 거친 수련을 했다는 증거였다.

"완전히 이겨낸 것 같구나."

"그래."

힘있게 대답하는 단창의 손에는 금선도가 들려 있었다.

"검을 사용하는 네가 도를 사용하기 어려울 텐데. 괜찮겠어?"

"물론. 처음에는 애를 먹었지만 지금은 괜찮다."

"그렇다면 다행이고."

사마궁의 말에 단창은 미소를 지었다. 처음에는 얼마나 애를 먹었던가.

검과 도는 다르다. 그렇기에 펼치는 무공도 다르다.

검은 찌르기가 주인 무기이지만, 도는 베는 무기이다. 그렇기 때문에 검법과 도법 역시 다르다.

검에 적응이 되어 있는 단창은 도의 사용법에 익숙지 않아 처음에는 상당히 애를 먹었다. 하지만 일 년 정도의 시간 동안 구슬땀을 흘리며 수련한 결과, 지금은 완전히 도에 적응한 상태였다.

"한 가지 물어보자."

"뭔데?"

"너는 금선도의 유혹에 빠지지 않은 거냐?"

단창의 물음에 사마궁은 잠시 그의 눈을 바라보았다. 그리고는 입을 열었다.

"아니라고 대답할 수는 없지."

“그래?”

“그래. 지금도 금선도를 보면 손을 뻗쳐 잡고 싶은 충동을 강하게 느낀다. 보이지?”

사마궁이 자신의 손을 들어 올렸다. 부들부들 떨리는 손. 참아내고 있다는 증거였다.

“대단하군.”

“대단할 것까지야. 참아내려는 의지와 구룡지기가 있기에 가능한 거다.”

“그래도.”

“이제 얼마 안 있으면 대업을 이루기 위한 싸움이 다시 시작될 것이다. 그 선봉에는… 네가 선다.”

“얼마든지.”

단창의 말에 살짝 미소를 지어 보인 사마궁은 그대로 발걸음을 옮겼다.

“얼마든지…….”

작게 중얼거린 단창은 다시금 수련에 몰두하기 시작했다.

정미현과 초가인은 걱정스런 눈길로 운현이 수련하러 올라간 곳을 바라보고 있었다.

아무것도 먹지 않고 수련에만 몰두한 지 벌써 보름이 다 되어가고 있었다.

정미현과 초가인이 밥은 먹어야 한다고 했지만 밥 먹을 시간도 없다면서 운현은 계속 수련에만 매진했다.

청산은 그런 초가인과 정미현에게 걱정하지 말라고 했지만 그 또한 걱정이 되는 건 어쩔 수 없었다.

"운현……."

정미현이 작게 중얼거렸다.

"왜?"

"악!"

갑자기 뒤에서 들려온 소리에 초가인이 비명을 지르며 돌아보았다.

"잘 지냈어?"

"운현!"

그곳에는 운현이 서 있었다. 정미현과 초가인은 놀란 표정으로 그를 바라볼 뿐이었다.

분명 자신들은 운현이 수련하고 있는 곳을 바라보고 있었다. 산에서 내려왔다면 분명 자신들의 앞에서 나타나야 정상이었다.

하지만 앞에서 보이지 않고 뒤에 서 있으니 놀라는 것은 당연했다.

"어, 어떻게……!"

정미현의 말에 운현이 빙긋 미소를 지으며 입을 열었다.

"난 천천히 걸어 내려왔는데 다들 못 알아봐서 실망했어."

“네?”

초가인과 정미현은 믿을 수 없다는 듯 눈을 크게 떴다. 천천히 걸어 내려왔다면 자신들이 보지 못했을 리가 없었다.

“거짓말!”

“진짜라니까?”

“그런데 어떻게 우리가 못 봐요?”

“후후.”

운현은 대답 대신 웃을 뿐이었다. 그런 운현의 반응에 그녀들은 어리둥절한 표정이 되었다.

“이제 곧 다시 싸움이 시작될 거야.”

“그걸 어떻게 알아요?”

“공기가 그렇게 말해주고 있으니까.”

두 여인은 알 수 없는 그의 말에 고개만 갸웃거릴 뿐이었다.

第九章

다시 시작되는 싸움

　심각한 피해를 입은 문파들이 재정비하기에 충분한 시간
은 아니었지만, 일 년 반이라는 시간은 다시 안정을 찾기에는
충분했다.

　적어도 정예와 비정예의 실력 차이를 줄이고, 정예의 실력
을 조금이라도 더 끌어올리는 데에는 충분한 시간이었다.

　각 문파와 세가의 수장들은 다시금 소림에 모였다.

　점점 분위기는 긴장되어 가고 있고, 그들도 조만간 다시 싸
움이 시작될 것이라는 사실을 느끼고 있었기 때문이다.

　"이제 어느 정도 안정이 되어가니 길고 긴 싸움을 끝내야
하지 않겠습니까?"

제갈유풍의 말에 다들 공감한다는 듯 고개를 끄덕였다. 싸움은 빨리 끝내는 것이 여러모로 좋았다.

"좋은 계책이라도 있습니까?"

"그동안 한 것이라고는 그것밖에 없지요."

"그렇습니까?"

제갈유풍의 말에 다들 얼굴에 화색이 돌았다. 이길 비책이 있다는 데 좋아하지 않을 사람은 없었다.

"어떤 방법이오?"

"일 년 반 동안 머리를 싸매고 고민해 봤습니다. 어떻게 해야 적들이 알아차리지 못하고 쉽게 이길 수 있는지를 말입니다."

"그래서 나온 방법이 무엇이오?"

모용강의 재촉에 제갈유풍이 미소를 지으며 입을 열었다.

"그렇게 고민해서 나온 방법은 굉장히 간단합니다. 선공필승이지요."

"선공필승. 그걸 생각 안 한 사람이 어디 있겠소? 그거라면 지금까지도 계속해 온 것과 다름이 없는데."

제갈유풍의 말에 다들 실망한 표정을 지었다. 하지만 제갈유풍은 전혀 동요하지 않고 계속해서 말을 이었다.

"지금까지와는 다른 양상으로 갈 겁니다. 선공을 하는 것과 당하는 것의 차이는 엄청나게 크지요. 심리 상태, 피해 정도 등 말입니다. 우리가 당한 것을 역으로 저들에게 심어주는 거지요."

"좀 더 자세히 말씀해 보시지요."

옥허의 말에 살짝 고개를 끄덕인 제갈유풍이 말을 이었다.

"저들을 먼저 압박하여 당황하게 하고, 궁지로 몰아 전멸시키는 겁니다. 사천에 도착해서의 구체적인 전략은 그때 가서 말씀드리지요."

"하지만 우리가 사천으로 향한다면 그들 역시 알 것이오."

"그렇지요."

대답하는 제갈유풍의 목소리에 힘이 실렸다.

"당한 것은 배로 갚아줘야 합니다. 우리의 눈과 귀를 도려냈으니 그들에게도 똑같이 해줘야지요."

그의 말에 다들 힘차게 고개를 끄덕였다. 하지만 단 한 사람이 제동을 걸고 나섰다.

그는 바로 운현이었다.

"그것이 쉬울까요?"

"그게 무슨 소린가?"

"하오문은 일정한 거점이 있지 않습니다. 밤 문화에 녹아 있는 사람들 중 팔 할 이상이 그들이죠. 무턱대고 그들을 제거하다가 무고한 사람들을 죽일 수도 있습니다."

운현의 말에 사람들의 표정이 다시 침울해졌다. 눈과 귀를 자르게 되면 자신들이 유리해질 수 있지만, 그것은 너무 요원한 일이었다.

"그것이 문제라면 걱정 말게."

제갈유풍의 입에서 뜻밖의 말이 나왔다. 그러자 사람들의 표정이 다시 밝아졌다.

그의 말 한마디 한마디에 일희일비하는 자들이었다.

"방법이 무엇인지 궁금하군요."

"암혼살문이라고 들어봤나?"

"암혼살문?"

운현의 의문에 제갈유풍이 부연설명을 하기 시작했다.

"암혼살문이라는 곳이 있네. 흑살에 가려져 있지만, 한때는 흑살보다 더 뛰어난 살수 조직이라 불렸지. 흑살과의 전쟁에서 패해 깊은 어둠 속으로 들어갔지만, 아직 멸문하지 않았다는 것을 확인했네."

"암혼살문이 있다 하여도 저희에게 득이 될 것 같지는 않습니다만?"

"자네는 잘 모르는군. 과거 암혼살문에게 또 다른 별명이 있었는데, 그것이 무엇인지 아나?"

"……?"

"하오문 잡는 마귀였다네."

그의 한마디에 운현의 얼굴은 한시름 놓았다는 표정으로 바뀌었다.

"도대체 이게 어떻게 된 일이야!"

홍미랑은 머리끝까지 화가 나 있었다. 곡해성이 죽은 다음부터 시름에 빠져 살던 그녀는 얼마 전부터 다시금 하오문의 일에 손을 대고 있었다.

"모르겠습니다. 도대체 어떻게 된 것인지……."

"정파 놈들이 손을 쓰는 것 아니냐?"

"아닙니다. 그들이 우리의 제대로 된 거점을 알 수 있을 리가 없습니다."

홍미랑은 머리가 아파왔다. 도대체가 어떻게 된 일인지 알 수가 없었다.

하오문의 거점은 쉽사리 노출되지 않는 곳에 있었다. 아니, 노출될 수가 없었다. 워낙 은밀한 곳에 자리 잡고 있었기에.

그런데 얼마 전부터 하오문의 거점이 하나둘씩 사라지기 시작했다.

정보력 면에선 최강이라 자부할 수 있는 하오문 자신들조차 눈치 채지 못하고 벌어지는 일들이었다.

"혹시……."

"말해봐라."

"암혼살문이 아닐까요?"

"암혼살문이라…… 아닐 것이다. 암혼살문이 강호에서 모습을 감춘 지 벌써 십 년이 흘렀다. 게다가 아직까지 흑살이 건재해. 쉽게 나서지 못할 것이다."

"하지만… 십 년이 넘는 세월이 그들에게 힘을 비축할 수 있는 시간이 되었을지도 모르지 않습니까? 어쩌면 흑살과 다시 싸워도 지지 않을 자신감이 생긴 것일지도 모릅니다."

수하의 말에 홍미랑은 진지하게 생각해 보기 시작했다. 만약 정말로 원흉이 암혼살문이라면, 자신들에게 일생일대의 위기가 찾아온 것이라 할 수 있었다.

"조사해 봐. 최대한 은밀히. 은밀하기로 따지면 암혼살문이 흑살보다 위다. 하오문 전체에 비상 경계령을 내려라."

"알겠습니다. 그리고 몸조심하십시오."

"그래."

수하가 급히 밖으로 달려나갔다. 그리고 홍미랑이 조용히 중얼거렸다.

"난… 살아 있을 이유가 없어……."

하오문이 무너져 가면서 육천룡문도 타격을 받았다. 중원에 널리 퍼지지 못한 육천룡문으로서는 하오문이 무너짐에 따라 말 그대로 고립될 수밖에 없었다.

요즘 들어 사마궁은 안절부절못하고 있었다.

정보가 부족하면 그만큼 적들을 상대하기 위한 대비책을 만드는 데 어려움을 겪는 법.

손해가 이만저만이 아니었다.

"그래서 아직까지 왜 그런 일이 벌어지고 있는지 모르겠다고요?"

“짐작은 가지만 확실치 않아요.”

홍미랑의 말에 사마궁의 안색이 살짝 굳었다.

“짐작이라도 들어보고 싶군요.”

“듣는다고 해서 달라질 것이 있나요?”

“있지요. 육천룡문은 강합니다.”

“호호.”

사마궁의 말에 홍미랑은 웃어 보였다. 그에 사마궁의 이마에 주름이 생겼다.

“그 웃음의 의미는 뭐죠?”

“약하다는 뜻은 아니에요. 다만, 하오문을 지키기 위해 육천룡문 전력을 나눈다는 말에 웃은 거지요.”

“하지만 눈과 귀를 잃는다는 것은 저희에게 굉장한 타격입니다. 그 정도 힘은 들일 수 있습니다.”

“좋아요.”

홍미랑이 사마궁의 말에 고개를 끄덕이며 말을 이었다.

“알려드리지요. 짐작일 뿐이지만, 암혼살문의 소행이라 생각하고 있어요.”

“암혼살문?”

중원의 과거에 대해서는 거의 알지 못하는 사마궁이기에 암혼살문이라는 이름은 그저 낯설 뿐이었다.

“살수 집단이지요. 한때 흑살과 더불어 살수계의 수위를 다투던.”

"그들이 왜 하오문을……?"

"지금 이러는 이유는 정확히 모르지만, 하오문과 암혼살문은 원수지간이지요. 암혼살문의 옛 별명 중 하나가 바로 '하오문 잡는 마귀' 였을 정도로."

"……?"

사마궁은 속에서 무언가가 무너지는 것 같은 느낌을 받았다.

하오문 잡는 마귀. 그렇다면 지금도 하오문 사냥을 하고 있다는 말이었다.

"도대체 왜 원한을 사게 된 것이죠?"

"그것은 아주 사소한 일 때문이었어요. 지난 과거이고, 지금에 와서 이야기할 필요성은 못 느끼겠네요."

"좋습니다. 그럼 저희가 어떻게 해야 할까요?"

"글쎄요. 그것은 당신이 알아서 해야 할 일 아닐까요? 암혼살문은 은밀하고 조용히 다가와 등 뒤에서 비수를 꽂지요. 아무리 당신들이 강하다고 해도 더 이상 피해가 늘어나는 것을 막지는 못할 거예요."

장담한다는 듯한 홍미랑의 말에 사마궁은 오기가 생겼다.

"막아 보이지요. 하오문은 육천룡문에게도 굉장히 중요한 곳이니까."

사마궁의 차가운 말에 홍미랑은 보일 듯 말 듯한 미소를 지었다.

　자신의 거처로 돌아온 사마궁은 곧바로 수하를 불렀다.
　"지금 당장 암혼살문을 찾아내라! 그리고 지금부터 하오문을 보호한다."
　"예!"
　수하가 밖으로 나가자 상인모가 그의 거처로 들어왔다. 수하에게 명령을 내리는 것을 모두 들은 것 같았다.
　"암혼살문?"
　"예. 요즘 들어 하오문이 습격을 당하고 있습니다. 암혼살문의 짓인 것 같다고 합니다."
　"그들이 갑자기 왜?"
　"예전부터 원한 관계였다고 합니다. 하오문이 무너지면 저희들로서는 고립될 수밖에 없는 상황이기에 그리 명령했습니다."
　"음… 정파 놈들의 짓은 아닐까?"
　"아닐 겁니다. 그들이 그랬다면 하오문에서 눈치 채지 못했을 리가 없지요."
　"그것도 그렇군."
　"아무래도 낌새가 좋지 않습니다."
　"나도 그렇다. 상황이 미묘하게 우리를 거스르고 있다."
　"하지만 저희는 이깁니다."

"그래, 당연히 이겨야지. 네 어깨가 무겁다."

"감당할 수 있습니다."

사마궁의 대답에 상인모는 대견함과 다른 어떤 감정을 느꼈다. 그것이 철없는 동생을 바라보는 안타까움이라는 것을 상인모는 나중에 가서야 알게 되었다.

암혼살문에게 하오문에 관한 것을 맡긴 정파연합은 육천룡문을 치기 위한 준비에 한창이었다.

간간히 암혼살문으로부터 진행 상황에 대한 연락을 받으면서 호시탐탐 기회를 엿보고 있는 중이었다.

"도대체 어떤 수련을 한 거냐니까요?"

"좀 알려줘요!"

초가인과 정미현은 매일같이 운현을 쫓아다니면서 못살게 굴고 있었다.

그때마다 운현은 미소만 지을 뿐 자신이 어떤 수련을 했는지 알려주지 않았다.

"운현!"

"말 못한다니까."

그의 말에 정미현과 초가인은 졌다는 듯한 표정을 지었다.

"너무해요. 우리한테는 말해줄 수 있잖아요?"

"맞아요!"

그녀들의 투정 아닌 투정에 운현은 미소를 지었다.

"다른 건 말해줄 수 없어요. 하지만……."

"하지만?"

"앞으로는 절대로 둘 앞에서 정신을 잃고 쓰러지지 않는다고 약속할 순 있어요."

운현의 약속에 두 여인의 얼굴이 밝아졌다. 운현 스스로가 이렇게 자신할 정도라면 믿을 수 있기 때문이었다.

"정말 그렇게 장담할 수 있는 거냐?"

"못 믿으시겠습니까?"

갑작스럽게 나타난 청산을 보고도 운현은 전혀 놀라는 기색 없이 대답했다.

놀란 사람은 정미현과 초가인. 그녀들 역시 약하지 않다 자부하고 있었지만 청산과 운현의 실력은 도무지 가늠할 수가 없었다.

'괴물들!'

두 명의 머릿속에서 동시에 떠오른 생각이었다.

"살아생전 제자 녀석 때문에 자극을 받아 수련을 할 줄은 꿈에도 생각지 못했다."

"그렇습니까?"

"물론이지. 누누이 말했지만, 네 자질은 그리 높지 않았으니까. 평균 이상이기는 했지만."

"너무하시군요."

"보여봐라, 너의 결과물을."

“그 말… 제가 해야 하는 것 아닐까요?”

“이놈!”

고함과 함께 청산이 운현에게 달려들었다. 검이 들리지 않은 맨손이었다.

스슥—

“……!”

단 한 걸음 움직인 것처럼 보였다. 하지만 운현은 청산의 뒤에 있었다.

“빠른데요?”

“네놈이 그런 소리를 하니 하나도 안 빠르다는 것처럼 들리는구나.”

쉬익!

방금 전의 일격보다 더 빠른 일격이 운현의 머리를 노리고 날아들었다.

“……!”

다시 한 번 놀라는 청산. 분명 자신의 주먹이 운현을 뚫고 지나가는 것처럼 보였다.

하지만 운현은 그 자리에 있었고, 자신의 주먹은 운현의 얼굴 앞에 멈춰 있었다.

“놀랍구나.”

“이번에는 제가 갈까요?”

스슥—

사라졌다. 마치 눈앞에서 휘몰아치던 작은 돌개바람이 사 그라지듯이.

톡톡.

휙!

자신의 어깨에서 느껴지는 느낌에 청산이 재빨리 고개를 돌렸다.

씨익!

그의 뒤에서 운현이 미소 짓고 있었다.

빠른 것은 둘째 치고 청산은 운현이 자신의 뒤에 있다는 사 실조차 느끼지 못했다.

끊임없는 수련으로 이미 오감은 인간의 한계를 넘어선 지 오래였다.

절정을 넘어 초절정으로 치닫고 있는 중. 그런 자신의 오감 에 한 걸음 뒤에 서 있는 운현이 잡히지 않은 것이었다.

하다못해 작은 심장 소리조차도.

"놀랍구나."

"그런가요?"

"넉살만 늘었구나."

"약속했습니다, 다시는 쓰러지지 않는다고. 지켜야죠."

"누가 죽이기라도 한다더냐?"

"몸조심해서 나쁠 것은 없지요."

"응?"

"왜요?"

"아니다."

청산은 한순간 운현이 자신의 앞에 없다고 생각했다. 분명히 자신의 눈은 운현을 보고 있음에도 불구하고 존재하지 않는다고 느꼈다.

싱긋.

운현은 미소를 지었다. 만족스러웠기 때문이다. 그동안 수련했던 성과가 하나둘씩 눈에 보이기에.

"그렇단 말이지?"

"예, 암혼살문이 모습을 드러냈습니다."

"자신이 있는 모양이군."

흑살의 문주이자 살수지왕이라 불리던 남자, 전풍이 싸늘한 미소를 지었다.

중원 최고의 살수문이 어디인지를 가리기 위해 치열한 싸움을 벌이고, 그 싸움의 여파로 인하여 중원에서 자취를 감추었던 암혼살문.

멸문시키지 못했기에 아직 그들이 살아 있고, 언젠가는 모습을 드러낼 것이라 생각한 전풍이었다.

"하오문을 잡고 있다고?"

"네."

"그놈들, 아직도 원한을 씻어버리지 못한 모양이군."

"그렇겠지요. 자존심 회복을 못했으니 말입니다."

"준비시켜라. 다시 한 번 암혼살문과의 전쟁을 벌인다."

"예!"

"하하하하하!"

전풍은 미친 듯이 웃었다. 오랜만에 맛보는 짜릿한 흥분. 그 흥분에 전풍은 어찌할 바를 몰랐다.

"날뛰어라, 암혼살문! 몇 번이고 다시 지옥의 나락으로 떨어뜨려 주마!"

한 달이 지났다. 그동안 중원에 퍼져 있는 하오문의 반절 이상이 초토화되었다.

이 정도면 육천룡문의 눈과 귀가 완전히 멀었다고 해도 과언이 아니었다.

육천룡문은 그들 나름대로 암혼살문에 대비하기 위해 방비를 했지만 도저히 그들을 막을 수가 없었다.

그들은 기척도, 소리도 없이 나타났다 사라지는 유령과도 같은 존재들이었다.

"도대체가!"

사마궁은 조급해졌다. 적은 한둘이 아니었고, 점점 장님에 귀머거리가 되어가고 있었다.

더욱더 그를 조급하게 만드는 것은, 육천룡문의 힘이라면 중원을 장악하고도 남을 것이라 생각했는데 현실은 그렇지 않았기 때문이다.

중원 최고의 살수 집단도 아닌 암혼살문에 속수무책으로 당하고 있었고, 자신들의 주적인 정파연합은 아직도 건재했다.

모든 것이 처음의 생각과는 완전히 다르게 흘러가고 있었다.

"궁아!"

사마궁이 안절부절못하고 있을 때, 상인모가 들어왔다. 무언가 기쁜 일이 있는 듯했다.

"낭보다! 흑살이 움직이기 시작했다!"

"네?"

"암혼살문의 천적이 흑살이라 하더구나. 적어도 하오문을 잡던 암혼살문을 저지할 수 있다는 뜻이다."

"그렇습니까?"

"그래, 이제 한시름 놓았다."

"그렇군요. 이제부터가 시작입니다. 저희도 조심해야 할 것입니다. 정파도 이 소식을 들었다면, 지금이야말로 절호의 기회가 될 테니까요."

"알았다. 철저히 준비하도록 이르마."

"부탁드립니다."

사마궁의 입가에 미소가 번졌다.

암혼살문으로부터 흑살과의 싸움에 주력하겠다는 통보를 받은 정파 역시 분주해졌다.

그들이 생각한 목표치를 완전하게 달성하지는 못했지만, 어느 정도의 성과는 있었기에 이제는 마지막 싸움을 시작해야 할 때였다.

"이제 서둘러야 합니다. 하오문이 어느 정도 위험권에서 벗어났으니 육천룡문 역시 다시금 싸움을 시작하려 할 것입니다. 저희가 먼저 선수를 쳐야지요."

"알겠소이다. 그럼 이대로 사천으로 향하면 되는 것이오?"

"아닙니다. 최대한 적들의 시선을 속이면서 가야겠지요. 진격군은 두 개로 나눕니다. 하나의 부대는 이 경로로… 다른 부대는 통상적인 경로로 이동합니다."

제갈유풍이 지도에 두 개의 선을 그으며 말했다.

"적들의 시선을 분산시키는 것이오?"

"물론입니다. 적을 속여야 이길 확률이 높아지겠지요."

만약 암혼살문이 하오문을 완전히 궤멸시켰다면 필요없는 작전일 테지만, 그렇지 못했기 때문에 나온 고육지책이었다.

"그럼 사천에 도착해서는 지금까지와 같이 적들과 싸우기만 하면 되는 거요?"

"일단 지금 말씀드릴 수 있는 것은 그것뿐입니다."

제갈유풍의 대답에 남궁훈은 고개를 끄덕였다. '일단' 이라고 했으니 가면 또 무언가 나올 것이라 생각한 것이었다.

"일단은 서둘러 채비를 한 다음에 출발을 하도록 하지요. 이번에야말로 중원 최대의 위기를 넘겨야 합니다."

옥허의 말에 다들 굳은 표정으로 고개를 끄덕였다.

하오문을 보호하기 위해 육천룡문을 나가 있던 무사들이 전부 돌아오고, 다시금 출전 준비를 하기까지는 생각보다 더 오랜 시간이 걸렸다.

제대로 방비하지는 못했지만 언제 어디서 나타날지 모르는 암혼살문의 살수들에 대비하여 항상 긴장을 하고 있느라 정신적으로 많이 지친 상태였기 때문이다.

웬만한 중원의 무사들보다 훨씬 더 강인한 그들이 이 정도로 지칠 정도라면 암혼살문의 살수들이 얼마나 대단한지 보지 않아도 알 수 있었다.

"큰일이다!"

"무슨 일입니까?"

"적들이다!"

"네?!"

급하게 달려온 상인모의 말에 사마궁은 깜짝 놀랐다. 갑자기 적이라니?

"아직 사천까지는 당도하지 못한 모양이지만, 적어도 보름이면 당도할 것 같다고 하더구나!"

"어떻게!"

그렇게 외친 사마궁은 순간 뇌리에 스쳐 가는 것이 하나 있
었다.

"아뿔싸! 당했구나!"

사마궁은 그제야 암혼살문을 끌어들인 것이 정파연합이라
는 것을 알 수 있었다.

자신들이 전에 사용했던 방법에 역으로 당했다는 사실에
분하여 온몸을 부르르 떠는 사마궁이었다.

"그나마 흑살이 나서서 암혼살문을 막고 있으니 이 정도
다! 어서 서둘러야 한다!"

"알겠습니다. 아무래도 사형이 먼저 적들을 맞아주셔야겠
습니다. 그동안 저는 이곳을 방비하고 있겠습니다."

"알겠다."

"여의치 않으면 바로 후퇴하여 돌아오십시오."

"걱정 마라."

상인모가 급히 밖으로 뛰어나가 일단 준비가 다 된 백 여
명의 무사들을 이끌고 적들을 맞아 뛰어나갔다.

빨리 출발하여 육천룡문에서 조금이라도 더 먼 곳에서 적
을 맞아야 어느 정도의 시간을 벌 수 있었다.

사마궁의 얼굴이 종잇장 구겨지듯 심하게 구겨졌다.

정파연합의 진격은 빠르면서도 은밀했다. 물론 하오문이
멀쩡했다면 바로 눈에 잡힐 정도의 수준이었지만, 지금은 하

오문이 정상이 아니기에 가능한 일이었다.

하지만 하오문의 시선을 피해 다른 경로로 움직이고 있는 무당과 악가, 광동진가의 경우에는 하오문의 시선을 완전히 피하고 있었다.

인원도 그리 많지 않았고, 예상할 수 있는 경로로 움직이는 정파연합에 모든 시선이 쏠려 있었기 때문이다.

"적들이 몰려옵니다!"

"벌써?"

적이 몰려오고 있다는 소식에도 제갈유풍은 당황하지 않았다. 이미 예상하고 있던 일이었기 때문이다.

"알겠다. 너는 즉시 다른 분들에게 알려라!"

"예!"

"왔구나. 어디 한번 죽어봐라."

거친 말을 거의 사용하지 않는 제갈유풍의 입에서 처음으로 거친 말이 튀어나왔다.

"후우……."

적들이 오고 있다는 말에 모용강의 동생인 모용신창은 작게 한숨을 내쉬었다.

육천룡문과의 싸움에서 작지 않은 부상을 입은 그는 꼬박 일 년 동안 침상에서 보내야만 했다.

"긴장되나?"

"아니요."

남궁훈의 물음에 모용신창은 고개를 저으며 대답했다.

"긴장한 것처럼 보이는데."

"오히려 흥분이 되는군요. 복수할 적이 다가오고 있다니."

"그런가?"

모용강의 동생이라고는 하지만 자신과 나이가 열 살 가까이 차이 나는 그를 보며 남궁훈은 작게 미소를 지었다.

"명심해 둬. 이번에 오는 적도 만만치 않을 거야."

"각오하고 있습니다."

"좋아. 그래야 자네 형의 동생이지."

남궁훈의 말에 모용신창은 죽은 모용강을 떠올렸다. 처음에는 함께 죽지 못하고 자신만 살아남은 것에 대해서 죄책감을 많이 느꼈다.

그러나 부상에서 회복하고 자신에게 기대를 거는 가족과 조카들, 그리고 세가 식구들을 보니 그런 마음이 사라졌다.

'내가 살아 있어야 식솔들을 살릴 수 있다!'

그런 마음을 먹고 있었지만 막상 적들을 만나니 다시금 죽어도 좋다는 생각이 머리를 치켜들고 있었다.

"설마, 죽어도 좋다는 생각을 하고 있다면 관둬. 어떻게 해서든 사는 것이 우선이야, 자네는."

자신의 속을 들여다보는 것 같은 남궁훈의 말에 모용신창은 순간 움찔했다.

"자네의 어깨에 모용세가가 얹혀 있어. 자네가 없으면 이

끌 사람이 없다는 말이야. 자네가 있기 때문에 강이, 그 친구
도 목숨을 걸 수 있었어."

"…알겠습니다."

알겠다고 대답했지만 남궁훈은 믿지 않았다. 그의 눈이 용
광로처럼 복수심에 불타고 있었기 때문이다.

'자네나 자네 동생이나… 똑같군.'

잠시 하늘을 올려다보며 모용강을 생각한 남궁훈이었다.

그 시각, 운현 일행은 조금 험한 길로 가고 있었다.

적들의 시선이 닿지 않는다는 것은 좋은 점이었지만 그만
큼 길이 험해 힘이 배로 들었다.

"아직까지 적들에게 들키지 않았겠지요?"

"그럴 게다. 아무래도 하오문도 예전만큼 못하게 되었으
니."

"그나저나 걱정이군요. 아무 일 없어야 할 텐데……."

"걱정 말아라. 남궁가주의 힘과 제갈가주의 머리라면 충분
히 승산이 있을게다."

청산의 말에도 운현은 얼굴을 풀지 않았다. 곡해성이 죽었
다면 남아 있는 것은 사마궁과 상인모. 둘 다 얼마나 강한지
그는 잘 알기 때문이다.

사마궁의 강함은 말할 것도 없고, 상인모 역시 남궁훈이 고
전했던 곡해성보다 더 강한 인물이기에 걱정이 앞설 수밖에

없었다.

"이제 곧 사천이다. 사천성 내로 진입하면 쉬지 않고 달려야 할 것이다."

"알고 있습니다. 이번에야말로 뿌리를 뽑아야지요."

그렇게 대답하는 운현이 청산은 굉장히 듬직하게 느껴졌다.

정파연합과 육천룡문 선발대가 마주치기 직전, 양측의 분위기는 폭풍 전야의 고요함만큼이나 무겁고 차가웠다.

서로를 향해 진격하는 속도가 점점 줄어들어 어느 정도 거리가 좁혀지자 서로 대치하는 상황이 되어버렸다.

눈에 보이는 거리는 아니지만 가까운 거리. 싸움이 시작되면 순식간에 좁혀질 거리였다.

무사들이 휴식을 취하는 사이, 제갈유풍과 남궁훈 등은 한자리에 모여 다음 계획에 대해서 의논을 하고 있었다.

"남궁가주님!"

"무슨 일이냐!"

가주들끼리 모여서 회의를 하고 있는 상황이기에 남궁훈은 호통조로 자신을 부르러 온 무사에게 말했다.

"진지 앞에 한 사내가 찾아왔습니다."

"나를? 누구라고 하더냐?"

"잘은 모르겠습니다만 남궁가주님을 찾고 있습니다."

“혼자 왔다고?”

“예.”

남궁훈은 아무리 생각해 봐도 그 사내가 누구인지 알 수가 없었다.

‘당가에서 온 사람인가?’

당가주가 죽고 다시금 봉문을 한 당가였다. 마지막이 될지도 모르는 상황에서 찾아올 사람은 당가 사람뿐이었다.

하지만 남궁훈은 이내 고개를 저었다. 당가주의 형제들도 당가주가 죽을 때 함께 죽었으며, 그의 큰아들이라고 해봤자 아직 약관이 채 되지 않은 어린아이였다.

“일단은 나가보겠습니다.”

“그렇게 하십시오.”

제갈유풍과 다른 가주들에게 말한 남궁훈은 자신을 부르러 온 무사를 따라 진지 앞쪽으로 나갔다.

“……!”

남궁훈은 진지 앞에 있는 무사를 보고 깜짝 놀랐다. 전혀 예상하지 못한 사람이 그 자리에 서 있었기 때문이다.

“당신이 남궁가주인가?”

“그렇다. 내가 들은 것이 맞다면 자네는 상인모였던가?”

진지 앞으로 찾아온 사람은 상인모였다. 남궁훈이 놀라는 것은 당연한 것이라 할 수 있었다.

“그렇다.”

“여기는 무슨 일이지? 그것도 혼자서 말이야.”

“당신을 만나기 위해서.”

둘 사이에 긴장감이 흘렀다. 그런 둘을 지켜보고 있던 무사들도 어느새 뒤로 조금씩 물러서고 있었다.

“혼자서 우리를 상대하려고 온 건가? 배짱 한번 두둑하군.”

“나 혼자서 이 많은 적들을 상대할 거라 생각한 당신의 머리도 참 대단하군.”

“뭐라고?”

“내가 여기에 온 것은 순전히 당신을 만나기 위해서다. 말했을 텐데?”

자신을 만나기 위해서 왔다는 상인모의 말에 남궁훈은 알 수 없다는 표정을 지었다.

“남궁가주님!”

무사들로부터 소식을 들은 제갈유풍을 비롯한 가주들이 달려왔다. 다들 자신들의 무기를 들고 싸울 태세를 갖춘 상태였다.

“어찌 된 일입니까?”

“저를 만나러 왔다고 합니다.”

“그것이 무슨……!”

남궁훈의 말에 제갈유풍은 상인모를 바라보았다. 그의 진지한 표정을 보니 그 말이 사실인 것 같기도 했다.

"그래, 좋아. 그렇다면 나를 만나러 온 목적이 뭐지?"

"적아를 떠나서 당신과 겨뤄보고 싶다. 무인으로서."

"뭐?"

상인모의 말에 남궁훈을 비롯한 그 자리에 있는 사람들 모두가 놀란 표정을 지었다.

"곡가, 그 녀석이 당신에게 질 정도로 허약한 녀석이 아니다. 그런 녀석이 졌다는 건, 무언가 꼼수가 있다는 뜻. 그래서……."

스르릉―

"지금 이 자리에서 확인해 보려고 한다."

상인모가 자신의 검을 꺼내며 말했다. 그러자 남궁훈이 화가나 소리쳤다.

"꼼수? 꼼수라고! 지금 너는 무인의 자존심을 짓밟는 말을 했다. 알고 있나!"

"그런 것은 상관없다. 그것은 어디까지나 내가 판단할 일."

스릉―

상인모의 말에 남궁훈 역시 검을 빼 들었다. 그의 전신에서는 투기와 함께 살기가 피어올랐다.

"남궁가주!"

"말리지 마십시오."

남궁훈이 싸늘한 목소리로 자신을 말리려는 제갈유풍에게

말했다.

"안 됩니다!"

"여기서 하겠는가?"

제갈유풍의 말을 무시하고 남궁훈이 상인모에게 물었다.

"아니. 아까도 말했지만 지금은 당신과 겨루기 위해 온 것일 뿐. 적이라고는 하지만 상관없는 사람들에게까지 피해를 주고 싶지 않다."

"그렇다면 자리를 옮기지."

남궁훈의 말에 상인모는 그대로 몸을 돌려 걸었다. 남궁훈 역시 그의 뒤를 따라갔다.

"남궁가주!"

제갈유풍이 그를 불렀지만 남궁훈은 뒤도 돌아보지 않았다. 다만 한줄기 전음이 그의 귀로 파고들었다.

"제갈가주님, 저자가 강하다고는 하나 무공의 높고 낮음만이 승패를 좌우하지는 않습니다."

남궁훈의 그 한마디에 제갈유풍은 더 이상 그를 막지 못했다.

정파연합 측 진지에서 멀어진 두 사람은 적당한 공터를 찾았다. 그리고는 서로를 마주 보고 섰다.

"이 정도면 됐겠지."

상인모의 말에 남궁훈은 고개를 끄덕였다. 그다음부터 둘 사이에는 대화가 없었다.

오로지 검과 검의 승부밖에 없었다.

콰쾅!

"음……."

남궁훈은 신음을 흘렸다. 첫 공방은 힘 대 힘의 승부였다. 자신은 세 걸음, 상인모는 제자리였다.

힘에서 밀린 남궁훈은 다르게 승부를 보기로 마음먹었다.

스슥―

쾌속. 곡해성을 상대할 때 사용했던 방법이다. 곡해성에게 통했으면 상인모에게도 통할 것이라 생각한 것이었다.

남궁훈의 빠른 움직임에 당황한 것일까? 상인모는 아무런 움직임도 없이 그 자리에 서 있었다.

'지금!'

그의 주변을 빠르게 움직이며 기회를 보던 남궁훈은 한 지점을 정하고 달려들었다.

쾅!

"……!"

남궁훈은 눈을 크게 떴다. 제자리에 있던 상인모가 간단하게 검을 움직여 자신의 공격을 막아냈기 때문이다.

"고작 이 정도로 곡가, 그 녀석이 죽었다고 하려는 건 아니겠지!"

상인모의 외침에 남궁훈은 이를 악물었다. 치욕이었다.

"죽여주지."

"할 수 있다면."

이번에는 상인모가 먼저 움직였다. 한 발 앞으로 내딛는 것 같았는데 순식간에 남궁훈의 면전에 도달해 있었다.

"헛!"

남궁훈이 헛바람을 들이키며 몸을 뒤로 꺾었다. 상인모의 검이 허공을 갈랐다.

촤악!

상인모의 공격이 계속되었다. 빠른 것은 둘째 치고 위력이 장난이 아니었다. 온몸이 저리는 것이, 엄청난 위력이었다.

남궁훈이 보기에 상인모의 신위는 인간의 것으로 믿기 어려웠다.

빠르고 강하며 살기가 짙은 무공이었다.

한 번 움직이면 꼭 먹잇감을 잡아내고야 마는 백수의 제왕 백호처럼.

온몸을 찌릿하게 만드는 상인모의 살기를 받으며 남궁훈은 어느덧 어깨로 숨을 쉬고 있었다.

지쳤다는 증거였다.

"힘드나?"

"힘들지. 내 나이가 되면."

"난 아직도 모르겠다."

남궁훈이 상인모를 빤히 바라보았다. 하지만 상인모는 그런 시선에도 아랑곳하지 않고 잠시 허공을 바라보았다.

"어째서 그대 같은 자에게 곡가 녀석이 죽은 거지?"

남궁훈의 실력을 아직 인정하지 못하겠다는 말이었다. 남궁훈은 아무런 말도 할 수가 없었다.

어찌 되었든 이긴 것은 자신이고, 죽은 것은 곡해성이었으니.

"모르지. 하지만 결과는 나의 승리였다."

"정파의 허울을 쓰고 비겁한 짓을 했겠지."

상인모가 다시 한 번 남궁훈의 속을 긁었다. 남궁훈의 두 눈에 다시 한 번 살기가 어렸다.

"아무튼……."

상인모가 자신의 검을 꼿꼿이 세우며 말을 이었다.

"마음이 바뀌었다. 당신을 여기서 죽이고 우리 육천룡문이 승리하겠다."

남궁훈의 목구멍으로 침 넘어가는 소리가 둘 사이에 울려 퍼졌다.

第十章
길고 긴 싸움은
끝날 줄을 모르고……

휘잉!

한줄기 바람이 둘 사이를 스치고 지나갔다. 일각이 지나도록 둘은 움직이지 않았다.

남궁훈은 움직일 수 없었던 것이고, 상인모는 기다리고 있었다.

먹잇감이 발악하기를.

남궁훈은 당황스러웠다. 아무리 애를 써도 전신을 옥죄는 상인모의 기운을 떨쳐 내기가 쉽지 않았다.

떨어지지 않는 발걸음, 움직이지 않는 팔. 남궁훈은 미칠 지경이었다.

또한 자신이 이 정도밖에 되지 않았던가 하는 자괴감이 그를 괴롭혔다.

"하하하."

남궁훈이 조용히 웃었다. 너무나 허무하여 웃음밖에는 나오지 않았다.

"드디어 미쳤군."

"미쳤지. 무공에 미쳤고, 지금은…… 진짜로 미쳐 가고 있는 중이지."

남궁훈의 말에 상인모는 상대할 가치도 없다는 듯 그를 바라보았다.

"도대체… 내가 왜 지금 이 자리에서 그대를 죽이려 하는지 모르겠군."

상인모의 말에 남궁훈은 대답 대신 미소만 지었다.

"그런데 말이야, 미치고 보니 하나 보이는 게 있는데. 시험해 보겠나?"

남궁훈의 말에 상인모는 눈을 빛냈다. 분명 방금 전까지는 그저 미쳐 가는 중년인에 불과했는데, 지금은 완전히 딴사람이 되어 있었기 때문이다.

"무슨 짓이지?"

"무슨 짓이라니, 섭섭하군. 말하지 않았던가? 미쳐 가면 보이는 게 하나 있다고."

무슨 소린지 알 수 없는 상인모였지만 한 가지는 알 수 있었다.

'다르다!'

이번에는 상인모가 침을 삼켰다.

자괴감까지 들 정도로 자신이 무력하다고 생각하던 남궁훈은 이제 자신이 죽을 때가 왔음을 느꼈다.

'이제 나도 자네의 곁으로 가겠네.'

슬쩍 하늘을 올려다보며 먼저 간 모용강에게 중얼거리던 남궁훈은 또 다른 사람을 보았다.

'아버지……'

남궁훈의 아버지인 남궁기철의 모습이 눈에 들어왔다. 그런데 자신을 한심하다는 눈빛으로 바라보는 아버지의 얼굴.

그리고 그다음 순간, 자신이 제왕무적검강을 처음 익힐 때 남궁기철과 나누었던 대화가 떠올랐다.

"진정한 제왕무적검강은 강한 검결에 있는 것이 아니다."

"그럼 어디에 있습니까?"

"검은 그릇에 불과하다. 무엇을 담는 그릇인 것 같더냐?"

"내기를 담는 그릇입니다."

"맞지만 틀렸다."

"소자는 알 수 없습니다."

“검이라는 것은 무기이자 그릇이다. 내기를 담아 적을 공격하는 도구이다. 하지만 검을 쓰는 무인에게 있어 검은 친우이다. 검이라는 친우와 나 자신이 한마음 한뜻이 될 때 진정한 제왕무적검강이 펼쳐질 것이다.”

그때는 몰랐다. 검과 한마음 한뜻이 된다는 말을. 하지만 지금은 알 수 있을 것 같았다.
“하하하.”
남궁훈이 웃었다. 전신에 힘이 생기는 것 같았고, 검이 나를 알아주고 자신도 검을 알 것 같았다.
신검합일(身劍合一). 검사들이 꿈에 그리는 경지에 도달한 남궁훈이었다.
“미쳤군.”
“미쳤지. 무공에 미쳤고, 지금은…… 진짜로 미쳐 가고 있는 중이지.”
‘이번에는 무공에 진짜로 미쳤다.’
“도대체… 내가 왜 지금 이 자리에서 그대를 죽이려 하는지 모르겠군.”
“그런데 말이야, 미치고 보니 하나 보이는 게 있는데. 시험해 보겠나?”
남궁훈이 다시 검을 고쳐 잡았다. 따뜻했다. 포근했으며, 편했다.

오십여 년 동안 함께해 온 검이었다. 그런데 이제야 그 마음을 알게 된 것이었다.

그리고 남궁훈의 귀에 상인모가 침 삼키는 소리가 들렸다.

'이게 어찌 된 것인가!'

아까의 남궁훈과 지금의 남궁훈은 전혀 다른 사람이었다. 얼굴만 똑같이 생겼을 뿐 모든 것이 다른 인물이었다.

상인모가 느끼기에 그랬다.

도저히 남궁훈의 기척을 읽을 수가 없었다. 그리고 그의 움직임을 예측할 수가 없었다.

방어를 하는 데 있어 가장 중요한 것은 상대가 어떤 식으로 공격해 올지를 예측하고 미리 대비하는 데 있다.

그런데 상대가 어떤 공격을 해올지 전혀 예측할 수가 없으니 당연히 방어는 요원한 일이 되어버렸다.

처음 남궁훈이 달라졌음을 느끼고는 혹시 몰라 온몸에 둘러친 강기는 위력이 없어 보이는 남궁훈의 검에 여지없이 뚫렸다.

깜짝 놀라 겨우겨우 피하기를 몇 번. 하지만 결국 상인모의 온몸은 난도질당했다는 표현이 적당하다 할 정도로 심한 상처들로 가득했다.

"왜 그러나? 나를 죽인다고 하지 않았던가?"

"너는 누구냐."

상인모의 물음에 남궁훈은 황당할 수밖에 없었다. 자신은 남궁훈이다. 방금 전에도 그랬고, 지금도 그렇다.

"나는 남궁훈이다."

"아니야. 너는 남궁훈이 아니다. 도대체 누구냐!"

상인모가 소리쳤다. 이제 미쳐 가는 것은 남궁훈이 아니라 상인모였다.

"지금 여기서 죽겠는가, 아니면 돌아가서 다음 기회를 엿보겠는가?"

남궁훈의 입에서 나온 뜻밖의 말에 상인모는 눈을 크게 떴다.

"보내주는 건가? 아니면… 죽일 가치도 없다는 말인가?"

"그렇게 받아들였나?"

남궁훈의 말에 상인모의 표정은 다시 한 번 의문투성이가 되었다. 그것 말고는 남궁훈이 자신을 보내줄 이유가 단 하나도 없었기 때문이다.

"싫으면 여기서 죽게."

"가지."

상인모는 살아야 했다. 죽은 곡해성을 위해서도, 남아서 고생하는 사마궁을 위해서도. 그리고… 무엇보다도 대업을 위해서.

상인모는 이를 악물고 자리에서 일어났다.

고통 때문이 아니었다. 무인으로서 씻기 어려운 치욕을 겪었기 때문이다.

"이런… 느낌이었나?"

남궁훈을 뒤로하고 힘겹게 걸으며 상인모가 중얼거렸다.

상인모가 어느 정도 멀어지자 남궁훈 역시 몸을 돌렸다. 그런데 방금 전과 달리 돌아선 남궁훈의 안색이 굉장히 창백했다.

"크악!"

남궁훈의 입에서 검붉은 피가 한 사발 이상 쏟아져 나왔다. 담담하게 아무렇지도 않은 척 상인모에게 말을 했지만 그의 내상은 비교적 심한 상태였다.

처음 상인모에게 입은 내상이 더 심해졌기 때문이다. 그 상태에서 약간의 깨달음을 얻고 제왕무적검강을 시전했으니 내상은 악화될 수밖에 없었다.

이런 남궁훈의 상태로는 아무리 부상이 심한 상인모를 상대하는 것이라 하여도 오래 버티지 못할 것이었다.

또한 마지막 순간에 찾아온 깨달음을 정리할 필요가 있었다. 깨달은 것을 막연히 알고 있는 것과 확실하게 정리하여 자신의 것으로 만드는 것은 향후 엄청난 차이를 보인다.

이런저런 이유로 남궁훈은 상인모를 그냥 보내주었다.

"돌아가야지."

남궁훈은 힘겹게 발걸음을 옮겨 정파연합 측 진지로 걸어갔다.

남궁훈과 상인모의 싸움이 어떻게 되었는지 걱정하고 있던 제갈유풍은 멀리서 걸어오는 남궁훈의 모습에 일단 안도의 한숨을 쉬었다.

무사들은 남궁훈이 무사히 돌아오자 일제히 환호성을 질렀다. 적인 육천룡문의 고수 중 한 명으로 알려진 상인모를 이기고 돌아온 것이니 환호성을 지르고도 남을 일이었다.

하지만 그것도 잠시, 진지를 얼마 남겨두지 않고 남궁훈이 그대로 쓰러져 버렸다.

그가 쓰러지자 일순간 사람들의 입에서는 아무 소리도 나오지 않았다.

"남궁가주!"

가장 먼저 소리치며 달려간 것은 제갈유풍이었다. 그리고 그 뒤를 모용신창과 다른 가주들이 따라 달려갔다.

"아직 숨이 붙어 있습니다! 서둘러 진지 안쪽으로 모시고 치료를!"

제갈유풍이 재빨리 남궁훈의 상태를 살피고 소리쳤다. 그에 모용신창이 남궁훈을 들쳐 업었고, 다들 빠른 속도로 진지 안으로 돌아갔다.

남궁훈과 상인모의 싸움으로 양측의 싸움은 끝난 것이나

다름이 없었다.

군이 우열을 가리자면, 육천룡문 선발대를 이끄는 상인모가 쓰러졌으니 정파연합이 약간의 우위를 점한 것이라 할 수 있었다.

다만 그것이 약간의 우위일 뿐이라 정파연합도 섣불리 진격할 수가 없었다.

남궁훈의 내상이 생각 이상으로 심해 회복하는 데 시간이 꽤 많이 걸릴 듯했기 때문이다.

"아무래도 무당 쪽에도 연락을 취해야겠습니다."

"그러는 것이 낫겠지요."

제갈유풍을 비롯한 가주들은 운현이 이끌고 있는 쪽에 연락을 취하는 것으로 의견을 모았다.

이번 작전은 어느 한쪽이라도 늦거나 빠르면 성공할 수 없는 작전이었기 때문이다.

제갈유풍은 서둘러 서찰을 적어 전서구를 날렸다.

걷고 쉬고를 반복하던 운현 일행은 얼마 걷지 않아 또다시 쉴 수밖에 없었다.

제갈유풍으로부터 날아온 서찰 때문이었다.

"남궁가주께서 심한 부상을 당하셨다고 하는군요."

"남궁가주께서……."

청산이 걱정스런 표정을 지었다. 남궁훈이 당한 것도 걱정이었고, 그에게 심한 부상을 입힐 정도라면 대단한 고수가 나섰다는 말이었기 때문이다.

'사마궁이 나선 것일까……'

남궁훈이 승패를 정확히 알리지 않고 정신을 잃었기 때문에 제갈유풍 등은 남궁훈이 패한 것이 아닐까 하는 생각을 하고 있었다.

운현 역시 심각한 부상을 입은 남궁훈의 모습에 당연히 패한 것이라 생각하고 사마궁을 떠올린 것이었다.

"아무튼 좀 천천히 가야겠구나."

"그래야 할 것 같네요. 이러다가 육천룡문에 기회를 주는 건 아닌지 모르겠어요."

운현의 말에 청산도 동감한다는 듯 고개를 끄덕였다.

"좋게 생각하자꾸나. 어차피 이 상태로는 다들 지쳐서 도착한다고 해도 제대로 싸울 수 있을 것 같지는 않으니."

청산이 삼삼오오 모여 쉬고 있는 무사들을 보며 말했다. 청산의 말대로 무사들의 얼굴에는 지친 기색이 역력했다.

"그렇지요. 저도 그동안 수련이나 좀 더 해야겠어요."

"지금 그 경지에서 더 수련을 한단 말이냐? 얼마나 더 괴물이 되어야 직성이 풀리겠느냐?"

"글쎄요. 뭐, 강해지려는 생각으로 하는 건 아니니까요."

청산의 장난스런 말에 운현 역시 가볍게 대답했다. 그리고는 곧바로 구룡검을 들고 수련을 하기 위해 자리를 옮겼다.

그런 운현을 보며 청산을 비롯한 다른 사람들은 고개를 절
레절레 흔들었다.

'지독한 수련 벌레.'

운현에 대한 모두의 공통된 생각이었다.

상인모가 큰 부상을 입었다는 소식에 사마궁은 두 주먹을
불끈 쥐었다.

이는 여러 가지 의미를 내포하고 있었다.

첫 번째는 상인모가 상대를 막아줌으로써 시간을 벌었다
는 점이다.

그리고 두 번째는 상인모가 죽지 않았다는 사실이다. 예전
에는 곡해성과 상인모, 자신까지 셋이서 육천룡문을 이끌었
지만 지금은 상인모와 자신 두 명밖에 남지 않았다.

그것은 의외로 큰 차이를 가져왔다.

특히나 마교에서 군사 노릇을 하고, 마교라는 거대 문파를
관리했던 곡해성이기에 그의 경험은 엄청난 도움이 되었다.

하지만 자신과 상인모 둘만 남게 되니 여러 가지로 곡해성
이 아쉬울 때가 많아졌다.

만약 여기서 상인모마저 이탈하게 된다면, 자신 또한 근근
이 견디다가 무너져 버렸을지도 몰랐다.

"적들은 그 자리에 그대로 머물고 있는가?"

"예, 남궁훈이라는 자 역시 어느 정도 부상을 입은 것으로

확인되었습니다. 그러니 당분간은 움직이기 어렵겠지요.”

“알겠다. 하오문에 일러 그들의 행보를 예의 주시하라 전해라.”

“예!”

수하가 밖으로 나가고 사마궁은 의자에 기대어 한숨을 쉬었다. 요즘 들어 제대로 쉬어본 적이 없는 사마궁에게는 이런 시간도 굉장히 소중했다.

“큰일 났습니다!”

그때 다른 수하 한 명이 급하게 달려들어 왔다. 잠시의 휴식이었는데, 그 시간도 제대로 쉴 수 없게 되자 사마궁의 얼굴이 살짝 찡그려졌다.

“무슨 일이냐!”

심기가 불편하니 말이 곱게 나올 리가 없었다.

“하오문에서 온 정보입니다! 이제까지 파악했던 정파연합의 무리 이외에 다른 무리가 이쪽으로 진격하고 있다는 정보입니다!”

“뭐라?!”

사마궁이 자리에서 벌떡 일어났다.

“어디, 어디쯤 왔다고 하더냐!”

“대략 열흘 정도 거리에 있다고 합니다!”

“알겠다! 너는 서둘러 나가 준비가 어찌 되었는지 알아봐라!”

"예!"

사마궁의 안색이 일그러졌다. 상인모가 육천룡문 전력의 반절을 데리고 나가 있는 상황에서 만약 그들이 문으로 직접 쳐들어온다면 무너지는 것은 시간문제였다.

더군다나 그쪽에는 검존도 있을 것이다. 그렇다면 굉장히 어려운 싸움이 될 것이었다.

'아니지…….'

그 순간 사마궁의 머릿속에 단창이 떠올랐다. 금선도를 가지고 피땀 흘려 수련하여 소기의 목적을 달성한 단창.

단창과 자신이라면 검존은 충분히 막을 수 있을 것이다. 갑자기 자신감이 치솟는 사마궁이었다.

"와라, 검존. 이번에는 확실히 목을 따주마."

전의에 불타는 사마궁이었다.

이틀을 푹 쉰 운현 일행은 그냥 육천룡문으로 진격하기로 했다. 선발대가 미리 나와 있는 상황이라면 육천룡문을 빼앗는 것이 훨씬 쉬울 수도 있다는 생각을 했기 때문이다.

하지만 운현 일행은 하오문이 벌써 자신들의 행보를 주시하고 있다는 사실을 알지 못했다.

육천룡문에 도착하면 무방비일 것이라 생각하고 있는 것이었다.

그러나 운현은 알지 못했다. 쉬울 것이라 생각했던 육천룡문에서의 싸움은 그 어느 때보다 치열하다는 사실을.

이틀을 쉰 운현 일행이 문을 향해 진격하고 있다는 소식을 접한 사마궁은 재빨리 전투 태세에 들어갔다.

자신들이 이렇게 준비하고 있을 것이라는 사실을 모르고 있을 것이 뻔한 상황이니 그 허점을 파고들 생각이었다.

무사들이 어느 정도 준비가 끝난 것을 확인한 사마궁은 서둘러 단창에게로 향했다. 이번 싸움에서 가장 중요한 역할을 할 단창이었다.

벌써 소식을 들었는지 단창은 목욕재계를 하고 깔끔한 옷으로 갈아입고 나왔다.

금선도를 드는 것으로 모든 준비를 끝낸 상태였다.

"벌써 준비가 끝났구나."

"그래, 적들은 어느 정도까지 왔지?"

"거의 다 와간다. 지금의 이 정도 속도라면 내일이면 도착할 거다."

"내일이라… 늦군. 빨리 왔으면 좋겠는데."

적들을 기다리는 단창을 보며 사마궁은 미소를 지었다. 지금처럼 단창이 듬직한 적이 없었다.

"너무 보채지 마라. 이제 금방이다."

"검존도 오는가?"

"온다. 네 상대다."

“좋아.”

단창은 과거 홍소담이 죽었을 때를 생각했다. 절대로 잊을 수 없는 순간이었다.

그때 느꼈던 치욕과 굴욕. 그때 뼛속 깊이 새겨진 그것은 절대로 잊을 수가 없었다.

“노파심에서 하는 말인데… 검존은 나 혼자 상대한다.”

“뭐?!”

사마궁은 놀라 소리쳤다. 단창이 금선도의 기운을 이겨내며 뼈를 깎고 살을 도려내는 혹독한 수련을 했다고는 하지만, 결코 검존을 이길 수 있을 것이라 생각하지 않았기 때문이다.

“내가 질 것 같아?”

“모르겠다. 네가 검존을 상대할 수 있을지.”

스슥.

사마궁의 말이 끝남과 동시에 단창의 신형이 사라졌다. 사마궁도 보지 못할 정도로 엄청난 빠르기였다.

“어딜 보고 있는 거야? 난 여기 있다고.”

뒤통수 바로 뒤에서 들려온 단창의 목소리에 사마궁은 깜짝 놀랐다. 자신의 눈으로도 좇기 어려운 빠르기, 바로 뒤에 있음에도 느낄 수 없는 기척.

단창은 일 년 반 사이에 자신도 믿기 어려울 정도의 괴물이 되어 있었다.

“이길 수 있다.”

“그래, 알겠다. 검존은 금선도를 막기 위한 운명을 가지고 태어났다. 그러니 여기 있으면 검존이 너를 찾아올 거다.”

“기대하지.”

단창의 말에 살짝 미소를 지은 사마궁은 서둘러 밖으로 나갔다. 이제 자신들의 집으로 올 손님들을 맞이해야 할 시간이었다.

“빌어먹을. 엄청나게 크군.”

갈염천의 말에 다들 동의한다는 듯 고개를 끄덕였다. 천년 마교였던 곳의 정문은 실로 어마어마하게 거대했다.

과연 이런 문을 만들 수나 있을까?

보통 문을 만드는 데 나무를 쓰는 것에 반해서 이 문은 전부 철로 되어 있었다.

“이걸 어떻게 부숴?”

운진의 말에 다들 난감한 상황이 되었다. 나무로 되어 있다면야 어떻게 해서든 부술 수 있겠지만, 철로 된 것은 부수기가 어려웠다.

덧댄 것도 아니고 전부 철로 되어 있다면야 부술 수 있는 가능성은 거의 없다고 봐도 무방했다.

“음…….”

운현이 잠시 생각을 하더니 앞으로 한 걸음 나섰다.

“어떻게 하려고요?”

"일단 앞에 가서 무슨 수를 쓰든 우선 한번 해보려고."

"아무런 대책도 없이 간다고요?"

"뭐, 여기서 고민한다고 해도 대책이 안 서는 건 마찬가지지."

"그건 그렇지만……."

정미현이 걱정스런 표정으로 운현을 바라보았다. 혹시라도 가까이 다가갔다가 무슨 일이 생기는 것은 아닐까 하는 걱정이 들었다.

"그럼 갔다 올게."

말을 마친 운현이 바람처럼 사라졌다. 그리고는 순식간에 육천룡문의 철문 앞에 나타났다.

"어!"

운현이 지나가는 것조차 보지 못한 사람들은 깜짝 놀라 소리쳤다.

철문 앞에 선 운현은 잠시 문을 살펴보았다. 오래되어 낡았으면 부수는 것이 좀 쉬울 것 같았기 때문이다.

"이거 만든 지 얼마 안 된 건가?"

너무나도 매끈한 철문에 운현은 웃음이 나왔다. 좀 허무했기 때문이다.

"뭐, 그래도 해봐야겠지?"

중얼거린 운현이 가볍게 주먹을 휘둘러 철문을 후려쳤다.

콰앙!

엄청난 소리가 들렸다. 그 소리를 들은 사람들은 운현의 손이 부러지지는 않았을까 하는 걱정이 들 정도였다.

"와! 굉장히 단단한데?"

운현의 손은 멀쩡했고, 철문 역시 멀쩡했다. 아니, 살짝 찌그러지기는 했다.

"좀 더 세게 쳐볼까?"

콰아앙!

운현이 좀 더 강하게 문을 후려쳤다. 그러자 아까보다는 좀 더 깊숙이 찌그러졌다.

"흐읍!"

찌그러지는 것을 본 운현은 숨을 크게 들이마셨다. 그리고는 기마 자세를 취하고는 두 주먹에 내기를 집중시켰다.

쏴아아아아!

주변의 공기가 운현의 내기에 반응하며 공명했다. 마치 공기가 운현의 주먹으로 빨려 들어가는 것처럼 느껴졌다.

"하압!"

콰아아아앙!

엄청난 폭음과 함께 먼지가 뿌옇게 피어올랐다. 곧 그 먼지는 철문과 함께 운현까지도 집어삼켰다.

"어떻게 된 거야!"

"부서졌나?"

“무슨 일이 생긴 건가?”

그쪽을 바라보며 사람들 모두가 걱정 어린 목소리로 말했다. 혹시나 무슨 일이 생긴 것은 아닌가 하는 생각을 하는 사람들도 있었다.

“먼지가 가라앉는다!”

먼지가 조금씩 가라앉기 시작하자 누군가가 소리쳤다. 조금씩 먼지 뒤쪽으로 무언가가 보이기 시작하는데, 일단 서 있는 사람의 모습이 보였다.

운현이 분명했다.

“헉!”

가라앉는 먼지 쪽을 뚫어져라 바라보던 갈염천이 깜짝 놀라 소리쳤다. 운현의 모습과 함께 놀랄 만한 광경이 펼쳐져 있었기 때문이다.

산산조각이라는 말밖에는 달리 표현할 방법이 없었다.

그냥 찌그러져 벌어진 것이 아니었다. 마치 나무 문이 박살나 듯 육천룡문의 거대한 철문도 박살이 나 있었다.

거대한 문만큼이나 거대한 조각들 앞에 서 있는 운현의 신형이 작으면서도 굉장히 크게 느껴지는 순간이었다.

“세상에! 저걸 주먹으로 부쉈다고?”

운진이 놀라 소리쳤다.

“어서 오십시오! 안쪽으로 들어가야 합니다!”

운현의 말에 다들 정신을 차리고는 육천룡문의 정문 쪽으로 달려갔다.

그의 말처럼 지금은 싸움을 해야 할 때였다.

"제가 먼저 들어가겠습니다. 뒤따라오십시오."

"그래, 알겠다."

청산에게 당부한 운현은 먼저 철문 조각들을 밟고 안쪽으로 뛰어들었다. 그리고 그 뒤를 청산을 비롯한 정파연합 무사들이 일제히 뛰어 들어갔다.

쩡!

"악!"

뒤따라 들어가던 갈염천은 잠시 멈춰 서서 철문 조각을 주먹을 쳐봤다. 그 역시 내기를 끌어올려 쳤음에도 엄청난 통증이 그의 주먹을 타고 전해져 왔다.

"이걸 어떻게 부숴?"

다시 한 번 대단하다는 눈빛으로 운현이 달려간 쪽을 바라본 갈염천은 곧바로 육천룡문 안쪽으로 뛰어들었다.

거대한 철문이 부서지는 순간, 육천룡문 무사들은 모두 준비가 되어 있는 상태였다.

다만 철문이 산산조각 나는 모습에 너무 놀라 잠시 멍해진 것뿐이었다.

"정신 차려라!"

그 순간 들려온 사마궁의 목소리에 곧 충격에서 깨어난 육

천룡문 무사들은 자신들을 향해 달려오는 운현을 볼 수 있었다. 그리고,

"우아아아아!"

기합을 지르며 무섭게 달려드는 육천룡문의 무사들. 선발대가 나갔다고는 하지만 그 수는 역시 많았다.

백 명이 넘는 무사들이 자신을 향해 달려들고 있었지만 운현은 눈 하나 깜짝하지 않고 그들을 바라보았다.

그리고 다음 순간, 눈으로 보고서도 믿을 수 없는 광경이 벌어졌다.

번쩍!

말 그대로 번쩍였다. 운현은 달리던 그대로 앞으로 계속 달려나가고 있었고, 몇 번의 번쩍거림과 함께 육천룡문 무사들은 쓰러져 나갔다.

차마 손을 쓸 수도 없었으며, 빤히 보고 있으면서도 막을 수 없었다.

일격필살! 단 한 번의 휘두름에 한 명이 아닌 여러 명이 나가떨어지고 있었다.

번개와도 같은 빠르기와 신속함이었다.

"이, 이럴 수가……!"

그런 운현을 바라보는 사마궁 역시 경악을 금치 못했다.

"보이지만… 보이지 않는다……."

운현의 모습은 분명 눈에 보였다. 하지만 그 자리에 운현이

있는 것인지 아닌지는 정확하게 알 수가 없었다.

다른 사람들이 들으면 미쳤다고 할 소리겠지만, 사마궁은 느낀 그대로를 입 밖으로 내뱉은 것뿐이었다.

운현은 육천룡문 무사들 사이를 누비고 다녔다. 하지만 처음의 빠른 움직임은 아니었다.

천천히 걸어가는 운현. 마치 산책이라도 하는 듯한 속도였다.

그렇게 느린 운현이 앞에 있음에도 불구하고 육천룡문 무사들은 검 한 번 제대로 휘두르지 못했다.

운현의 압도적인 위력은 잠깐이었다. 그러나 육천룡문 무사들이 느끼는 것은 사마궁이 느낀 그것과 다르지 않았기 때문이다.

'보이지만 보이지 않는다!'

도대체 운현이 그 자리에 있는 것인지 아닌지 알 수조차 없었던 것이다.

운현의 뒤를 따라 달려온 정파연합 측 무사들은 지금 이 광경을 도무지 믿을 수가 없었다. 어떻게 백 명이 넘는 적진 안에서 저렇게 여유롭게 움직일 수 있단 말인가?

게다가 생채기 하나 나지 않고 적들을 쓰러뜨리고 있으니 더욱더 믿을 수가 없었다.

"신이야?"

갈염천이 무심코 중얼거렸다. 지금 운현의 모습은 투신(鬪

神)이라고 해도 될 만큼 엄청난 것이었다.

"이러고 있을 때가 아니다! 적들을 주살하라!"

청산의 외침에 정파연합 무사들이 일제히 앞으로 달려나갔다.

정파연합 무사들까지 싸움에 가세하자 육천룡문 무사들은 주춤거리며 뒤로 물러섰다.

운현 한 명도 상대하기 버거운 상황에서 백 명 가까이 되는 정파연합 무사들을 상대하려니 벌써부터 기가 죽은 것이었다.

무사들이 뒤로 물러서는 모습을 본 사마궁은 지금이야말로 자신이 나서야 될 때라고 생각했다.

솔직히 사마궁 스스로 운현을 이기지 못할 것이라 판단을 하고 있었지만 어쩔 수 없었다.

아니, 자신이 쓰러져도 뒤에는 단창이 있기 때문에 마음은 조금 가벼웠다.

"물러서지 마라!"

사마궁이 달려나오며 육천룡문 무사들에게 소리쳤다. 사기를 잃어가던 육천룡문 무사들은 사마궁의 목소리에 조금은 힘이 났다.

육천룡문의 최고수라면 운현을 상대할 수 있을 것이라는 기대감 때문이었다.

물론 운현이 보인 신위가 인간의 그것이라 믿기 어려운 것이기는 했지만, 사마궁 역시 자신들에게는 신과 같은 신위를 보여주었기 때문이다.

"오랜만이군."

"정말 오랜만이야."

사마궁과 운현이 여유롭게 인사를 나누었다. 잠시 후에 서로 생사를 건 싸움을 벌일 사이라고는 생각하기 어려운 여유였다.

"엄청난 성장이군. 인간이 어떻게 그럴 수 있지?"

"예전에도 누군가에게 했던 말 같은데……. 일 년이라는 시간은 마음먹기에 따라서, 노력하기에 따라서 엄청난 성장을 가져다줄 수 있는 시간이지. 그동안 깨달음이 좀 있었다."

"놀라워. 넌 인간이 아닌 것 같다. 지금의 나로서는 이길 수 없을 것 같군."

"알면서 죽으려 하는군."

"알면서 죽어야 할 때도 있는 법이지."

사마궁의 말과 눈빛에서 운현은 그가 정말로 죽으려 한다는 것을 알 수 있었다.

"그런가? 금선도는 어디 있지?"

"저절로 알게 될 것이다. 나는 널 못 죽여도 금선도에 의해 목숨을 잃게 될 게야."

사마궁의 말에 운현은 일단 사마궁을 제압하기로 했다. 그리고는 구룡검을 바로 들었다.
우웅!
구룡검이 힘차게 울음을 터뜨렸다.

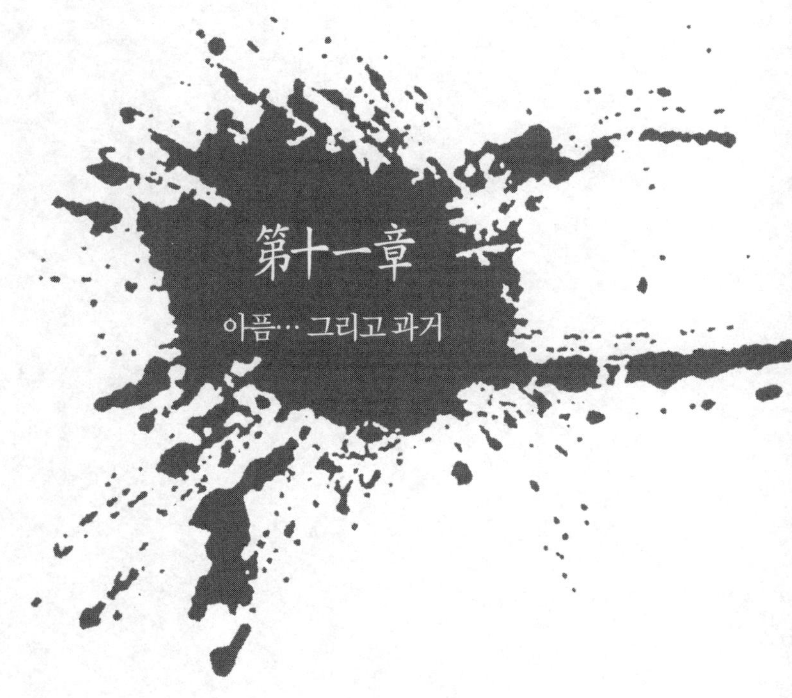

第十一章
아픔… 그리고 과거

　운현과 사마궁이 서 있는 곳에는 감히 그 누구도 범접하지 못했다. 두 사람이 뿜어내는 기운 때문에 다가설 수 없었던 까닭이다.

　두 사람은 팽팽한 줄다리기를 하고 있었다. 아니, 팽팽한 것처럼 보였다.

　운현이 내뿜는 기운은 상상 이상의 것이었다. 눈으로 보는 것과 직접 피부로 느끼는 것은 천지 차이였다.

　그런 운현의 기운에 필사적으로 대항하고 있는 사마궁의 얼굴에는 식은땀이 흐르고 있었다. 그가 겨우겨우 버티고 있다는 사실을 대변하는 것이었다.

사마궁은 굉장히 당황하고 있었다.

가공할 만하다는 말로도 표현이 안 되는 엄청난 기운에 놀란 탓도 있지만, 그 기운이 띠는 느낌 때문이었다.

평소 운현의 모습은 전혀 강해 보이지 않았다. 겉으로 드러내지 않았기 때문이다.

하지만 지금의 운현은 전혀 다른 사람이었다. 그에게서 뿜어져 나오는 기도는 맹수의 그것과 같았고, 그가 뿜어내는 기운 역시 망망대해의 거친 풍랑과도 같은 느낌을 주었다.

대자연을 상대하는 것 같은 막막한 느낌. 그것이 사마궁이 운현에게서 받은 느낌이었다.

'하지만 이대로 주저앉을 수는 없다!'

사마궁은 이를 악물었다. 그리고는 필사적으로 앞으로 한 걸음 내딛었다.

'호오~!'

운현은 살짝 놀란 표정을 지었다. 설마하니 자신이 이 정도 기운에 움직일 수 있을 것이라 생각하지 못했던 것이다.

하지만 거기까지였다. 그의 얼굴에는 지금의 한 걸음에도 얼마나 많은 심력을 소모했는지 극명히 드러나 있었다.

쏴아아아!

운현의 거친 기운이 그 세를 더하여 사마궁에게 폭사되었다. 거대한 해일이 자신에게 몰려오는 느낌. 사마궁은 그대로 주저앉으려 하는 몸에 힘을 주어 겨우겨우 버텨냈다.

"하압!"

운현의 기운에 꼼짝도 못하는 자신을 이겨내려는 듯 사마궁이 크게 기합을 내질렀다.

그 덕분인지 사마궁은 조금 행동이 자유로워진 것 같은 느낌을 받았다.

파앗!

그 기회를 틈타 사마궁은 운현에게로 거리를 좁혔다. 그러한 그의 행동도 빨랐지만 역시 운현이 한 수 위였다.

"……!"

운현과의 거리를 일 장 정도로 좁힌 사마궁은 좌절할 수밖에 없었다.

지금의 움직임은 자신이 낼 수 있는 최대한의 빠르기였다. 제아무리 실력이 진일보한 운현이라 할지라도 이 움직임을 잡아내기란 어려울 것이라 생각했다.

하지만 지금 자신의 목 언저리에 느껴지는 차가운 금속의 느낌은 그런 자신의 생각이 잘못되었다는 것을 깨닫게 해주었다.

'아무런 기척도 느끼지 못했다!'

사마궁은 운현이 검을 앞으로 뻗는 것을 보지도, 느끼지도 못했다.

사마궁 정도의 고수가 되면 눈으로 보는 것보다 몸으로 느끼는 것이 훨씬 빠르다. 그런데도 잡아내지 못했다는 것은 운

현의 움직임이 자신의 오감을 훨씬 뛰어넘는 것이라는 뜻이
었다.

"믿을 수 없다."

"그런가? 그럼 다시 한 번 해보던지."

운현이 뒤로 물러서서 사마궁을 바라보았다.

'다시 덤벼!'

지금 사마궁을 바라보는 운현의 눈빛은 그 옛날 힘없던 운
현을 바라보던 오귀문의 눈빛과 닮아 있었다.

사마궁은 치욕에 몸을 부르르 떨며 뒤로 물러섰다. 이번에
는 꼭 이기겠다는 다짐으로 검을 고쳐 잡았다.

지이잉!

사마궁의 검이 밀려 들어오는 그의 내기에 진동했다. 엄청
난 양을 감당하기 어려운지 심하게 떨리고 있었다.

반면 운현은 아무것도 하지 않고 사마궁의 행동을 지켜보
고 있었다. 이대로 사마궁이 공격을 한다면 당할 수밖에 없어
보였다.

촤라락!

사마궁이 사라졌다가 운현의 앞쪽에서 미끄러지듯 나타났
다. 그리고는 직선 경로로 운현의 심장을 노리고 검을 찔렀
다.

'잡았다!'

사마궁은 회심의 미소를 지었다. 자신의 검끝과 운현의 가

슴까지의 거리로 봤을 때 운현이 막아내지 못할 것이라 생각한 것이었다.

가가가가각!

하지만 요란한 소리와 함께 사마궁의 검은 운현의 구룡검에 막혀 있었다.

사마궁은 지금 상황이 어떻게 된 것인지 알 수 없었다. 운현은 분명 한 발자국도 움직이지 않았다. 그런데 어떻게 그 짧은 거리의 공격을 막아낸단 말인가!

"하하하!"

사마궁은 웃음을 터뜨렸다. 너무나도 허무해서 웃음밖에 나오지 않았던 것이다.

운현과 자신에게는 똑같은 시간이 주어졌다. 그러나 그 시간이 흐른 뒤 나타난 자신과 운현의 차이는 엄청났다.

'도대체 난 무엇을 했단 말인가!

물론 사마궁은 육천룡문 전체를 추스려야 하는 입장이기 때문에 자신의 수련에만 전념할 수 없었지만, 그래도 허무하고 후회가 되는 것은 어쩔 수 없었다.

"이기지는 못하겠지만… 같이 죽을 수는 있겠지. 아니, 적어도 심각한 부상이라도 입힐 것이다."

사마궁의 말에서 운현은 분명 그에게 무언가가 있다는 생각이 들었다. 그것이 자신을 상대하기 위한 육천룡문 최후의 보루이며, 금선도와 연관이 있다는 것을 짐작할 수 있었다.

"아무리 그래도 난 지지 않는다."

'약속했으니까.'

운현이 이번에는 제대로 자세를 잡았다. 너 죽고 나 죽자는 식으로 달려드는 적을 상대할 때에는 신중해야 한다. 절대로 방심은 금물이었다.

운현도 인간인 이상 방심으로 일격을 허용한다면 그대로 목숨을 잃을 수도 있었다.

서서히 상대에게 집중하기 시작했다.

육천룡문 무사들은 계속해서 밀리고 있었다. 사마궁이 등장했지만 상황은 달라진 것이 없었다.

그렇게 한 시진이 흐르고 육천룡문 무사들 중 살아남은 사람은 스무 명 남짓에 불과했다. 그나마 그들도 전의를 완전히 상실한 상태였다.

"이제 우리는 그놈들을 찾으러 가자."

홍 노의 말에 청 노와 정 노인은 고개를 끄덕였다. 지난 세월 동안 얽히고설킨 인연을 청산해야 할 때였다.

"저도 가겠습니다."

악규영이 나섰다. 그의 패왕신창은 붉은 피로 물들어 있었다.

"네가 나설 자리가 아니다. 이것은 우리의 몫이다."

"따라가겠습니다. 사부님의 일은 제 일과 같습니다."

　악규영의 말에 잠시 그를 바라보던 청 노는 이내 고개를 끄덕였다.

　"저도요!"

　어떻게 들었는지 갈염천이 달려와 소리쳤다. 그러자 홍 노가 주먹을 들어 갈염천의 뒤통수를 후려치며 소리쳤다.

　"으악!"

　"네놈은 어른들 일에 끼려면 아직 멀었어!"

　"왜요! 저도 이제 한 사람 몫은 한다니까요!"

　"이놈이 사부한테 개겨? 확!"

　"그냥 데려가시지요."

　악규영이 나서서 말하자 갈염천을 노려보던 홍 노가 한마디 툭 던졌다.

　"죽고 싶지 않으면 적당할 때 빠져!"

　"안 죽어요!"

　절대 한마디도 지지 않으려 하는 사제지간이었다.

　"어디를 가시려 하십니까?"

　청산이 다가왔다. 이제 장내의 전투는 어느 정도 끝난 분위기라 나머지는 무사들에게 맡겨두어도 상관없었다.

　"지금까지 연결되어 있던 악연의 고리를 끊으려고 합니다."

　"저도 돕지요."

　"고마운 말씀이지만 이것은 저희 형제들의 일입니다. 저희가 해결해야지요.”

“하지만 그분들은 여섯 분이라 들었습니다. 한 명 모자라지 않습니까?”

청산의 말에 정 노인은 청 노와 홍 노를 바라보았다. 청 노와 홍 노는 어쩔 수 없다는 듯 고개를 끄덕였다.

“감사합니다.”

“아닙니다.”

“그런데 저대로 놔두어도 될까요?”

갈염천이 사마궁을 상대하고 있는 운현을 바라보며 물었다. 그에 다들 운현이 싸우고 있는 쪽을 바라보았다.

“괜찮을 게다. 지지 않을 거야.”

“금선도는 어떻게 하지요?”

“그것은 운현밖에 찾을 수가 없다. 이 모든 상황의 끝은 운현이 지을 수밖에 없어. 우리는 그저 조금 편하도록 도와줄 뿐이지.”

정 노인의 말에 다들 아무 말 없이 운현 쪽을 바라보고 있었다.

“너희들은 여기 있거라.”

정 노인이 정미현과 초가인에게 말했다. 그렇지 않아도 운현을 걱정하던 둘은 그의 말에 고개를 끄덕였다.

“그럼 우린 가자!”

홍 노의 말에 여섯 명은 육천룡문의 여섯 노인을 찾아 문 안으로 달려갔다.

그들이 안쪽으로 사라지자 정미현과 초가인은 다시금 걱정스런 표정으로 운현의 싸움을 바라보았다.

사마궁의 공격은 거칠고 날카로웠다. 방어는 생각하지 않고 오로지 공격만 하며 운현에게 달려들고 있었다.

그런 사마궁의 모습은 마치 사부에게 달려드는 어린 제자의 모습과도 같았다. 덤비고 또 덤벼도 넘을 수 없는 사부의 벽에 도전하는 제자의 모습.

하지만 운현은 작은 일격 하나도 허용하지 않고 사마궁의 공격을 막아내고 있었다.

"헉! 헉!"

사마궁은 지쳐 있었다. 지금까지 수련을 할 때 빼고는 전혀 지쳐 본 적이 없기에 사마궁의 가쁜 숨이 낯설기만 했다.

"아무리 해도 날 이길 수는 없다."

"그렇겠지. 이기길 원한다는 말은 한 적이 없는데? 너와 같이 죽는 것이 내 목표다."

"그것 역시 역부족이라는 것을 아직도 모르겠나?"

"이제야 조금씩 느껴지는군."

"그럼 포기하지? 목숨이라는 것은 함부로 포기할 만큼 하찮은 것이 아니야."

"내 목숨보다 소중한 것이 바로 육천룡문의 대업이다. 이

자리에서 내가 죽어 대업을 이룰 수 있다면 난 기꺼이 이 목숨을 내놓을 수 있다.”

운현은 더 이상 말할 필요성을 느끼지 못했다. 이제는 확실한 힘의 차이를 보여 완전히 꺾어버리는 방법밖에 없었다.

“그럼……..”

운현이 구룡검을 들어 사마궁을 가리키며 말을 이었다.

“죽여주지, 소원대로.”

운현의 말에 사마궁은 자신의 죽음이 임박했음을 느낄 수 있었다. 하지만 그럴수록 검을 쥔 손에 더욱더 힘이 들어갔다.

정확히 일각의 시간이 흘렀다.

굉장히 짧은 시간이 흘렀지만 좀 전과 지금의 상황은 극명하게 달랐다. 사마궁은 옆구리에서 피를 쏟으며 바닥에 누워 있었고, 운현은 그런 사마궁을 조금의 흐트러짐도 없이 내려다보고 있었다.

“금선도는 어디 있지?”

“네가 찾아라. 죽는 것도 서러운데 나에게 그런 것까지 바라지 마라.”

사마궁의 말에 살짝 인상을 찌푸렸던 운현이 고개를 돌렸다. 여기에 있어봐야 더 이상 얻을 것이 없다고 판단했기 때문이다.

운현은 등을 돌려 정미현과 초가인에게 걸어갔다. 걱정하고 있던 그녀들의 표정이 이제야 조금 밝아져 있었다.

"걱정 많이 했어?"

"조금요."

"조금이 아닌 것 같은데?"

정미현과 초가인, 그들과 밝은 표정으로 대화를 나누는 운현을 보는 사마궁의 눈빛이 살짝 바뀌었다.

계속 이 상태로 있다가는 죽겠지만 그냥 곱게 죽을 생각은 없었다.

"죽어라!"

"운현!"

사마궁은 몰래 감춰놓았던 단도에 마지막 진기를 모두 담아 운현의 등을 노리고 날렸다.

그것을 본 초가인은 재빨리 운현의 등 뒤로 몸을 날렸고, 사마궁이 날린 단도는 그녀의 가슴에 꽂히고 말았다.

"초 매!"

순간 시간이 정지된 것 같은 착각이 일 정도로 모든 사람이 말 그대로 '동작 그만'이 되었다.

운현과 정미현이 놀란 것은 당연한 것이었고, 사마궁 역시 초가인이 몸을 날려 운현 대신 단검을 맞을 것이라 생각지 못했기에 무척이나 놀랄 수밖에 없었다.

운현과 정미현은 재빨리 초가인을 안아 들었다. 단검이 박힌 그녀의 가슴에서는 계속해서 피가 흘러나오고 있었다.

"초 매!"

"운현…….."

초가인이 운현을 찾았다.

"그래, 나 여기 있어!"

운현이 초가인의 손을 꼭 잡아주었다. 초가인의 손은 급격히 차가워지고 있었다.

"행복… 했어요…….."

"초 매!"

그 말을 마지막으로 초가인은 더 이상 숨을 쉬지 못했다. 운현의 눈에서는 눈물이 흐르고 있었고, 정미현 역시 소리 죽여 흐느끼고 있었다.

"죽여 버리겠다!"

운현이 자리에서 벌떡 일어나 사마궁이 있는 쪽으로 걸어갔다.

방금 전의 일격으로 진기를 모두 소모한 데다 상처가 더 벌어져 더 이상 대항할 기운이 없는 사마궁이었다.

쒜에에엑!

운현의 검이 빠르게 아래로 내려쳐졌다. 그리고 사마궁의 목은 그대로 떨어져 바닥으로 굴러 떨어졌다.

“으아아아아!”

사마궁을 죽인 운현이 소리를 질렀다. 울분이 가득 담긴 목소리였다.

“운현······.”

잠시 그런 운현을 바라보던 정미현이 그에게 다가갔다.

“초 매를 부탁해. 다녀올게.”

운현이 눈물을 훔치며 말했다. 그리고는 곧바로 등을 돌려 걸어갔다.

정미현은 그런 운현을 안쓰러운 표정으로 바라보았다. 자신도 이토록 힘든데 운현은 얼마나 힘들 것인가.

그런데도 운현은 걸어가고 있었다. 이 싸움의 끝을 보기 위해서.

정 노인 일행은 육천룡문의 가장 깊숙한 곳에서 여섯 노인을 찾을 수 있었다.

“왔는가? 여기까지 왔군.”

“와야만 하는 곳이니까.”

“그래, 청산해야 할 과거가 있지.”

백성익의 말과 함께 앉아 있던 여섯 노인이 자리에서 일어났다.

“설마 말로 끝내려고 온 것은 아니겠지?”

“말로 끝내면 좋겠지. 하지만 자네들의 얼굴을 보아하니 쉽게 끝날 것 같지는 않군."

"나가지. 이곳은 너무 비좁아."

"그러지."

대답하는 정 노인의 목소리에는 아쉬움이 진하게 묻어 있었다.

밖으로 나간 여섯 노인과 정 노인 일행은 서로를 마주 보고 섰다.

적으로 만났지만 과거에는 서로 친우이며 형제였기에 분위기가 차갑게 얼어붙지는 않았다.

"자네들은 우리를 이해하지 못해."

"아니, 충분히 이해하네. 이해는 하지만 자네들의 방법은 옳지 못해."

"왜 옳지 못하다고 하는 거지? 도대체 그 옳고 그름의 잣대는 누가 만든 것인가!"

"복수를 위해 무고한 희생을 하는 것은 그 어떤 기준으로 보아도 옳지 못한 일이네!"

백성익과 정 노인 사이에서 설전이 계속되었다. 하지만 그걸로 두 사람 사이의, 아니, 아홉 사람 사이의 과거가 청산될 수는 없었다.

"어찌 되었든 우리는 우리 나름대로의 정의를 실현하기 위해 육천룡문을 세웠고, 금선도도 찾아냈다. 더 이상의 방해는 용납 못해!"

"너희 나름대로의 정의라면 우리도 우리 나름대로의 정의
로 너희들을 심판하겠다."

정 노인의 말에 열두 명은 각자 자신들의 무기를 꺼내 들고
서로를 바라보았다. 그리고 그 순간부터 분위기는 급속히 차
가워지기 시작했다.

"너희들이 죽든 우리가 죽든 어느 한쪽은 모조리 죽어야
할 것이다."

백성익의 말에 정 노인은 이를 악물었다. 친우끼리 무기를
맞대고 싸워야 하는 이 상황이 그에게는 굉장히 안타깝게만
느껴졌다.

하지만 이제는 돌이킬 수 없는 상황까지 와버렸다. 정 노인
의 두 손으로 내기가 몰려들었다.

운현은 육천룡문 안을 계속해서 돌아다녔다. 금선도를 찾
기 위함이었다.

하지만 도대체 금선도가 어디에 있는지 갈피를 잡을 수가
없었다. 그에 조금씩 마음이 초조해지는 운현이었다.

우웅!

그때, 구룡검이 옅은 빛을 내며 울었다. 갑작스런 현상에
운현은 빤히 구룡검을 바라보기만 했다.

우웅!

다시 한 번 구룡검이 울음을 터뜨렸다. 마치 가까운 곳에 금선도가 있다고 알려주는 것 같았다.

"이곳에… 있는 것인가?"

운현은 자신 옆에 서 있는 하나의 거대한 전각을 바라보았다. 그리고는 망설임없이 그 전각 안으로 걸어 들어갔다.

전각 안은 어두웠다. 밖은 아직 밝은 데 반해 안은 너무나 어두웠다. 아예 아무것도 안 보이는 정도는 아니었지만 해가 진 저녁 무렵처럼 어두웠다.

하지만 그 정도의 어둠은 운현에게 아무런 장애도 되지 않았다.

"나와라! 금선도를 찾으러 왔다!"

운현이 소리쳤다. 사마궁이 운현에게 금선도에 의해 죽을 것이라 했기에 누군가가 금선도를 가지고 있을 것이라 생각한 것이다.

"나와라!"

우우우우웅!

운현이 다시 한 번 소리쳤다. 그리고 구룡검 역시 힘찬 울음을 터뜨렸다.

"기다렸다. 너무 오래 기다려서 지루하던 참이었지."

어둠 속에서 목소리가 들려왔다. 금선도를 가진 자. 그자의 목소리가 분명했다.

순간 운현은 그 목소리가 낯익다고 생각했다. 언젠가 들어

본 목소리. 하지만 그때까지 누구의 목소리인지 정확하게 알지 못했다.

"모습을 드러내라!"

"원한다면."

운현의 말에 단창이 조금 밝은 곳으로 나와 모습을 드러냈다. 단창의 얼굴을 본 운현은 놀란 표정으로 그를 바라보았다.

"너는!"

"기억하는가? 네놈 손에 의해 절친한 친우를 잃고 치욕을 당한 채 도망쳤던 나다."

운현은 설마하니 금선도를 가지고 있는 사람이 단창일 것이라고는 전혀 생각지 못하였다.

"어떻게 네가 금선도를 가지고 있지?"

"왜? 내가 가지고 있으면 안 되는 물건인가, 금선도라는 것이?"

그것은 아니었다. 하지만 예상하지 못한 인물이 금선도를 가지고 있었기에 조금 놀란 것뿐이었다.

"어차피 상관은 없겠지. 네 손에 들려 있는 금선도는 내가 빼앗을 테니까."

"할 수 있다면 해보시지. 어차피 네놈은 여기서 죽을 것이다."

"과연 그럴까?"

운현이 구룡검을 꽉 쥐었다. 단창 역시 금선도를 들고 운현
을 향해 공격하기 위한 자세를 잡았다.

"부디… 나의 기대를 저버리지 않기를 바란다."

스스슥!

그 말과 함께 단창의 신형이 사라졌다. 그리고 언제 이동했
는지 운현의 뒤에서 금선도를 휘두르고 있었다.

콰앙!

운현은 제자리에서 움직이지 않고 구룡검만 뒤쪽으로 돌
려 금선도를 막아내었다.

운현이 그렇게 막아낼 것이라고 미리 예상이라도 한 듯 단
창은 금선도의 날을 비껴 세우며 구룡검을 흘리고 다시 공격
을 시도했다.

하지만 운현도 대단했다. 운현은 뒤를 보지도 않고 구룡검
만 휘두르고 있었다.

어떻게 했는지 모르겠지만 운현은 구룡검을 기묘하게 틀
어 금선도를 막고 다시 한 번 꺾어 금선도를 튕겨냈다.

그와 함께 단창도 뒤로 물러나는 꼴이 돼버렸다.

"대단해! 역시 나의 기대를 저버리지 않는구나! 이 정도는
되어야 죽이는 맛이 나겠지! 하하하하하!"

단창이 미친 사람처럼 웃었다. 운현은 천천히 단창을 향해
몸을 돌렸다.

"너는 날 이기지 못한다."

"장담하는 이유는?"

"너는 인간이다. 그렇지?"

"너도 인간이다. 나와 다를 것이 없지."

단창의 말에 살짝 미소를 지은 운현이 입을 열었다.

"너는 인간이지만 난 인간이 아니다."

"뭐라?"

알 수 없는 말을 하는 운현을 보며 단창의 얼굴에 황당함이 떠올랐다. 인간이 아니라면 뭐란 말인가? 신이라도 된단 말인가?

"좋아, 인간이 아니라고 치지. 하지만 네가 인간이든 신이든 무엇이든 간에 오늘 죽는 것에는 변함이 없다."

"내가 인간이 아니라는 것을 느끼게 해주지."

운현과 단창이 서로를 노려보며 기운을 끌어올리기 시작했다.

두 사람의 기운에 공명하여 주변의 공기가 불안정하게 흔들렸다.

먼저 움직인 것은 단창이었다. 앞으로 슬쩍 오른발을 내딛는가 싶더니 왼발에 모아둔 힘으로 앞으로 쏘아져 나갔다.

몸을 웅크렸다가 펴는 탄력을 이용해 앞으로 쏘아져 나가는 궁신탄영(弓身彈影)과 비슷한 원리였다.

'어?'

앞으로 쏘아져 나가며 금선도를 휘두르던 단창은 자신이

착각한 것은 아닌가 하는 생각이 들었다.

분명 운현의 위치는 금선도를 휘두르면 닿을 거리에 있었다. 하지만 금선도는 허공을 갈랐다. 마치 금선도가 그냥 운현의 몸을 뚫고 지나간 것처럼 보였다.

분명 운현은 제자리에 있었고, 뒤로 물러서거나 하는 것을 단창은 보지 못했다.

"하압!"

허공을 가른 금선도를 빠르게 회수하며 단창은 운현을 향해 미친 듯이 도를 휘둘렀다.

까앙! 까아앙! 까가가가각!

단창의 공격에 운현은 구룡검을 들어 막았다. 아무렇게나 휘두르는 듯 보였지만 팔방을 점하며 날아드는 금선도를 운현은 생각보다 쉽게 막아내고 있었다.

"이 정도로는 어림없다!"

이번에는 운현이 움직였다. 단창이 알아서 자신의 범위 안에 들어왔기 때문에 공격하기에는 훨씬 수월했다.

"내 움직임을 잡아봐!"

스슥!

운현이 사라졌다. 아니, 어둠에 녹아들었다는 표현이 옳을 것이다.

단창의 눈에는 그렇게 보였다.

완벽하게 기척을 숨긴 탓에 단창은 도저히 운현을 찾을 수가 없었다.

'이것이 그렇게 자신한 이유였던가?!'

단창은 천천히 주변을 느끼려고 노력했다. 눈으로는 찾을 수 없다. 그렇다면 느껴야 했다.

'뒤!'

쾅!

아슬아슬했다. 구룡검이 단창의 등을 베고 지나가기 일보 직전에 금선도가 그것을 막았다.

"오호!"

운현은 진심으로 감탄했다. 자신이 무당의 산속에서 수련한 것은 바로 자연과 동화였다.

자연과 내가 하나가 되고, 자연에 자신이 녹을 수 있다면 무(武)의 끝을 볼 수 있지 않을까 하는 생각 때문이었다.

무를 수련하는 것은 어디까지나 인간. 그 인간은 자연을 이기지 못하는 것이 이치이다.

인간은 그저 자연의 일부에 살 수 있도록 허락받은 존재이다. 그것을 잊고 자연에 헛짓을 하면 반드시 재앙으로 돌아오는 것이 당연하다.

오랜 명상과 수련을 통해 운현이 깨달은 것이 바로 그것이었고, 운현은 자연과 자신이 동화되는 수련을 해왔다.

초식이나 내공 수련을 한 것이 아니었다.

그런 자신의 기척을 잡아내고 일격을 막아내었으니 단창

이 대단하다고 생각되는 것은 당연했다.

하지만 단창은 운현의 기척을 잡아낸 것이 아니었다. 단지 단창은 다른 사람들보다 어둠이라는 것에 더 익숙할 뿐이었다.

오랜 시간 어둠 속에서 생활하면서 어둠은 일상이 된 지 오래였기에 오히려 밝은 곳보다 훨씬 더 친숙하고 익숙했다.

그렇기 때문에 아슬아슬하게 운현의 공격을 막아낼 수 있었던 것이다.

'올 테면 와봐라!'

단창은 자신감이 생겼다. 분명 운현의 움직임은 자신의 생각을 훨씬 뛰어넘는 것이었다.

하지만 해는 점점 더 기울고 있었기에 이곳은 곧 완벽한 어둠이 될 것이다.

그렇다면 그 어둠은 자신과 운현의 격차를 없애줄 것이었다, 운현이 알아차리지 못한다면.

금선도를 잡은 단창의 손에 더욱더 힘이 들어갔다.

육천룡문의 여섯 노인과 정 노인 일행의 싸움은 상상을 뛰어넘는 것이었다.

청산은 여지껏 그런 싸움을 본 적이 없었다.

또렷한 용의 형상. 구룡지기를 익힌 노인들의 손과 무기에서 나온 기운들은 모두 용의 형상을 띠고 있었다.

용과 용이 서로 얽히고설켜 싸우는 모습을 보고 있노라니 청산은 제대로 싸울 수가 없었다.

그 모습은 굉장히 화려하면서도 무서웠다. 푸른 용과 붉은 용, 검은 용과 새하얀 용들이 싸우는 모습은 아름다웠지만, 마치 진짜 살아 있는 용인 것처럼 뿜어내는 살기는 청산도 견디기가 어려웠다.

"어딜 보고 계십니까?"

사마소의 말에 청산이 다시 고개를 돌려 그를 바라보았다. 사마소는 용을 만들어내지는 않았지만 지금의 청산과 충분히 호각으로 싸우고 있었다.

"걱정 마십시오. 용은 안 불러낼 테니."

"솔직히 걱정했는데 다행이군요. 용과 인간은 싸움이 되지 않을 테니 말입니다."

서로가 확실한 우위를 점하고 있지 못함에도 불구하고 두 사람은 비교적 여유로운 모습이었다.

당연히 그럴 것이, 청산도 자신의 모든 것을 보여주지 않았고, 사마소 역시 자신의 모든 것을 드러내지 않고 있었다.

"혹시 당신의 제자가 검존이라는 운현입니까?"

"그렇습니다."

"재밌군요. 당신의 제자와 나의 제자가 싸우고 있는데, 사부끼리도 싸우고 있다니 말입니다."

사마소의 말에 청산이 작게 말했다.

“과연… 운현이 그대의 제자와 싸우고 있을까요?”

“뭐……?”

청산이 워낙 자그맣게 얘기했기 때문에 무슨 말인지 잘은 듣지 못했지만 사마소는 조금 불안해졌다.

‘무사하겠지?’

괜히 제자가 걱정되는 사마소였다.

운현은 새삼 금선도의 위력을 다시 깨닫고 있는 중이었다. 자연과 동화된 자신의 공격을 단창은 제대로 막아내고 있었으며, 공격도 하고 있었다.

지금 상황은 운현의 우위가 아닌, 호각이었다.

“그렇게 큰소리치더니 고작 이 정도인가?!”

단창이 호기롭게 소리쳤다. 그의 말에 운현은 아무런 대답도 할 수 없었다.

하지만 지금 상황에 좌절하거나 하지는 않았다. 이제 와서 좌절한다고 해서 뭔가 달라지는 것도 없으며, 좌절해서도 안 되기 때문이었다.

“그래도… 마지막에 서 있는 사람은 내가 될 것이다.”

운현의 말에 단창은 콧방귀만 뀌었다.

“어디 계속해서 그런 말을 할 수 있는지 보자!”

말을 내뱉음과 동시에 단창이 운현에게 달려들었다. 운현은 여전히 어둠 속에 있었지만 단창은 그런 운현이 훤히 보이는 듯 공격을 하기 시작했다.

단창의 공격을 막아내는 것은 그리 어렵지 않았다. 하지만 계속해서 이런 식으로 나간다면 의미없는 소모전만 될 뿐이었다.

어떻게 해서든 상대를 압도할 수 있는 방법을 찾아야만 했다.

콰콰콰쾅!

"큭!"

운현이 신음을 흘렸다. 잠시 다른 생각을 하는 사이 단창이 위력을 높여 공격해 왔기 때문이다.

"이러면서 나에게 인간을 운운한 것이냐!"

단창이 분노에 찬 목소리로 소리쳤다. 흥분한 것처럼 보이는 단창이었지만 그의 공격은 날카롭고 매서웠다.

"흐읍!"

스스슥!

운현은 막아내기보다는 피하는 쪽을 택했다. 그러는 것이 반격을 하든 뭘 하든 간에 훨씬 용이했기 때문이다.

단창은 운현이 계속해서 피하자 피할 수 없는 공격을 하기로 마음먹고 강력한 한 방 위주의 공격 방법으로 바꾸기 시작했다.

"하압!"

콰콰콰콰콰!

금선도를 통해 밖으로 나온 단창의 엄청난 강기가 운현을 향해 짓쳐들었다.

도저히 피할 수 없는 공격. 운현 역시 급히 내기를 끌어올렸다.

"흐아압!"

운현도 기합을 지르며 구룡검에 씌워진 강기를 앞으로 뿜어냈다.

콰콰콰쾅!

운현의 강기와 단창의 강기가 중간에서 충돌하였다. 그리고 엄청난 소리와 함께 먼지가 뽀얗게 피어올랐다.

"……!"

그리고 다음 순간, 그 먼지를 뚫고 단창의 신형이 드러났다. 먼지가 운현의 시야를 가리는 사이 단창이 재빨리 운현에게 달려든 것이었다.

쾅!

운현은 급히 검을 들어 단창의 공격을 막았다. 하지만 급히 막은 것이라 반격을 할 기회는 없었다.

콰쾅!

단창의 어마어마한 기운을 담은 금선도가 계속해서 운현의 전신 요혈을 노리고 날아들었다.

운현 역시 구룡검에 강기를 씌운 채 쉴 새 없이 휘두르며 그의 공격을 막아냈다.

단창의 공격이 매섭기는 했지만 운현은 그 자리에서 뒤로 물러서지는 않았다.

상대가 공격해 오면 보법을 사용하여 피하고 막아내는 것이 원칙이건만, 운현의 두 다리는 그대로 바닥에 고정되어 있었다.

그저 검의 휘두름과 상체의 흔듦만을 가지고 모든 공격을 막아내고 있는 것이었다.

그런 운현의 모습에 단창은 화가 치밀어 올랐다. 분명 상황은 자신이 미치도록 공격하며 밀어붙이고 있는 모습이지만, 이것은 마치 거대한 고목에 주먹질을 하는 것과 같았다.

절대로 쓰러지지 않는 고목에 주먹을 휘두르며 수련할 때의 기분, 단창으로서는 썩 달갑지 않은 기분이었다.

"도대체 어떻게 돼먹은 인간인 것이냐?!"

단창이 소리를 지르며 운현을 향해 금선도를 흩뿌렸다.

한 번의 휘두름이었지만 전신 요혈을 노리고 날아드는 금선도의 위력은 감히 막아내거나 피할 수 없어 보였다.

쉬리릭!

운현이 구룡검을 휘둘렀다. 제자리에서 자신의 요혈을 노리고 날아드는 공격을 모두 방어하고 있었다.

"후……!"

쉴 새 없이 운현을 공격하던 단창이 공격을 멈추었다. 아무리 많은 양의 내공을 가지고 있고, 경지를 뛰어넘은 무공을 가지고 있다 해도 한 호흡에 여러 번의 공격을 하는 것은 체력적으로 부담이 가지 않을 리가 없었다.

그때 운현의 입에서 말이 흘러나왔다.

"바람은 때론 따뜻하지만 화가 나면 그 무엇보다 날카롭지."

"……!"

운현의 말이 끝나기가 무섭게 단창의 몸을 한줄기 바람이 훑고 지나갔다.

"크악!"

그리고 그와 동시에 단창의 몸 몇 곳에 상처가 나더니 피가 뿜어져 나왔다.

제대로 보이지는 않았지만 극도의 집중 상태를 유지할 수 있었기에 치명타는 면한 단창이었다.

"산의 기운은 대지의 모든 기운을 응집하고 있고, 그 기세를 받은 모든 생명의 기운은 세상 그 무엇보다 강력하지."

콰콰콰콰콰!

운현의 말이 끝나자 단창은 태산과 같은 압도적인 기운이 자신을 덮쳐 오고 있다는 것을 느낄 수 있었다.

"흐아아압!"

단창은 자신의 기운을 있는 대로 끌어올려 운현의 거대한 기운에 대항했다.

"크악!"

하지만 단창은 운현의 태산과도 같은 기운을 이겨내지 못하고 내상을 입고 말았다.

싸우지 못할 정도의 내상은 아니었지만 이런 기운이 한 번 더 자신을 향해 날아온다면 도저히 막지 못할 것 같았다.

"평온한 바다는 우리에게 많은 것을 주지만 거대한 풍랑은 우리의 목숨을 위협하기도 하는 법."

콰지지지직!

이번에는 바다의 기운이었다. 기본적으로 앞의 공격과 비슷한 기운이었지만, 이번에는 바다의 신이 진노하여 만들어 낸 거대한 해일 같은 기운이 단창을 짓누르고 있었다.

"으아아아아아아!"

단창이 기합인지 비명인지 모를 소리를 지르며 금선도를 앞으로 휘둘렀다. 무리해서 내기를 끌어올렸기에 그의 오장 육부는 비명을 지르고 있었다.

콰아아아아앙!

"크악!"

단창이 입으로 피를 쏟았다. 내상이 심각해지면서 안색도 창백해졌고, 내상만큼이나 심각한 외상까지 입게 되었다.

"위대한 대자연 중 하늘의 기운은 이 세상 모든 것을 포용하는 기운이자 모든 것을 심판하는 기운이니, 그 앞에 무릎을 꿇을지어다."

콰콰콰콰쾅!

"끄아아아아악!"

　내외상이 심각한 상태까지 이른 단창은 이번 운현의 공격을 제대로 막지 못했다. 왼팔은 떨어져 나갔고, 배에 난 상처는 굉장히 깊어 자칫하면 내장이 흘러나올 것만 같았다.

　내상은 깊어질 대로 깊어져 그의 안색은 시체처럼 새하얗게 변해 있었다.

　"끝이다. 더 이상 공격하지 않아도 이제 너는 죽은 목숨이다."

　마지막 공격까지 끝낸 운현이 단창을 바라보며 말했다. 서 있을 힘도 남아 있지 않은 단창은 그대로 두 무릎을 꿇고 말았다.

　"이제 금선도는 내가 가져가 더 이상 세상에 나오지 못하도록 봉인하겠다."

　운현이 단창이 있는 쪽으로 천천히 걸어갔다. 그 역시도 많은 힘을 사용하였기에 몹시 지쳐 있는 상태였다.

　"크아아아악!"

　그때, 갑자기 단창이 미친 듯이 소리를 질렀다. 그에 단창에게로 다가가던 운현은 잠시 멈칫했다.

　소리만 질렀으면 모르겠지만 그에게서 느껴지는 기도가 심상치 않았기 때문이다.

　"이 빌어먹을 기운! 멈춰! 멈추란 말이다! 크아아악! 빌어먹을!"

　알 수 없는 소리를 하며 단창이 몸부림을 쳤다. 그에 온몸의 상처가 더욱더 벌어져 출혈이 심해지고 내장이 조금씩 드러나기 시작했다.

"끄아아아아아악!"

마지막 비명과 함께 단창의 몸에서 이상한 변화가 일어났다. 일단 가장 심한 배 쪽의 상처부터 조금씩 아물어가고 있었다.

내상도 안정이 되어가는지 새하얗던 안색이 점점 제대로된 혈색을 찾아가고 있었다.

가장 큰 변화는 단창의 몸에서 뿜어져 나오는 가공할 만한 기도였다. 지금까지의 기도와는 비교도 되지 않을 만큼 막강한 기운이었다.

우우우우웅!

구룡검이 그 어느 때보다 더 크게 울어댔다. 마치 위험하니 조심하라고 경고하는 것만 같았다.

운현은 구룡검을 꽉 쥐고 잔뜩 경계하기 시작했다.

단창이 천천히 자리에서 일어났다. 확실히 제정신이 아닌 것 같았다.

게다가 그가 들고 있는 금선도에서 단창의 몸으로 흘러 들어가고 있는 기운 역시 심상치 않아 보였다.

"헉! 헉! 헉!"

단창이 거칠게 숨을 내쉬었다. 운현은 그 상태를 한눈에 알아보았다.

폭주 상태에 이르면 보이는 현상. 그의 눈은 초점없이 흐렸고, 그의 온몸은 금방이라도 터질 듯 팽팽하게 부풀어 있었다.

게다가 만지기만 해도 손이 데일 것같이 뜨겁게 달아올라 있었다.

'어떤 방법을 써도 난 지지 않는다!'

속으로 다시 한 번 다짐한 운현이 내기를 끌어올렸다. 지금까지의 공격보다 더 강한 공격을 해야만 쓰러뜨릴 수 있을 것이라 생각했기 때문이다.

"하압!"

구룡검에서 다시 한 번 거대한 기운이 뿜어져 나왔다. 폭주 상태가 된 단창을 그대로 집어삼키기라도 할 듯한 기운이었다.

운현이 세 번째로 보였던 그 기운. 바다의 기운을 담은 공격이었다.

콰콰콰콰콰!

후두두두두!

운현의 공격을 견뎌내지 못한 전각에 금이 갔다. 그리고 돌가루 등의 파편이 바닥으로 떨어지는 상태에서 단창을 향해 운현의 기운이 뿜어져 나갔다.

"크아아아아아!"

괴성에 가까운 기합을 지른 단창이 금선도를 앞으로 강하게 휘둘렀다.

그 순간 운현은 눈을 부릅떴다. 단창의 금선도가 자신의 기운을 반으로 가르며 그는 아무런 피해도 입지 않은 것이었다.

콰콰콰쾅!

단창의 뒤쪽에 있던 벽들이 그대로 터져 나갔다. 구멍이 뻥 뚫리고 시원한 바람이 안으로 들어왔다.

"쿠오오오오오!"

그는 이제 더 이상 인간이 아니었다. 단창은 짐승들이나 낼 법한 포효를 하며 운현을 노려보았다.

"강한 바람이 불고 거대한 파도가 몰아치니! 나약한 인간은 대자연의 분노 앞에 무릎을 꿇을지어다!"

운현이 힘차게 외치며 다시 한 번 검을 휘둘렀다. 이번에는 아까까지의 공격과 조금 달랐다.

거대한 폭풍우를 연상시키는 기운. 모든 것을 빨아들일 것만 같은 기운이 단창의 몸을 향해 날아들었다.

"크아아아앙!"

단창이 다시 한 번 포효하며 금선도를 앞으로 휘둘렀다. 그 한 번의 휘두름에 운현의 공격 못지않은 엄청난 기운이 앞으로 쏟아져 나오는 것이 느껴졌다.

콰콰콰콰콰!

퍼퍼퍼퍼퍼펑!

운현의 기운과 단창의 기운이 공중에서 충돌하며 엄청난 폭발을 만들어냈다.

웬만한 폭발에는 눈 하나 깜짝하지 않는 운현이 몸을 움츠리고 뒤로 물러설 정도였다.

"……!"

그런 폭발을 뚫고 단창이 운현에게 달려들었다. 마치 먹잇감을 찾은 맹수가 살기를 뿜으며 무섭게 달려드는 것 같았다.

"타앗!"

운현이 힘차게 기합을 지르며 구룡검으로 단창의 공격을 막았다. 하지만 단창의 위력적인 공격에 구룡검을 쥔 운현의 손이 찌릿찌릿했다.

'이, 이건……!'

호각을 넘어 자신이 조금 밀린다는 생각을 하게 된 운현이었다.

한 번 기세를 탄 단창은 계속해서 운현을 몰아세웠다.

이번에는 제자리에서만 막거나 피할 수 없을 정도로 빠르고 위력적인 공격들이었다.

운현은 점점 힘에 부쳤다. 단창이야 금선도의 알 수 없는 기운으로 인해 외상이 회복되고 내상이 안정된 상태라 여유가 있겠지만, 운현의 경우에는 그렇지 않기 때문이었다.

내력이 모자라거나 하지는 않았지만 이대로 가다가는 체력적으로 문제가 생길 것 같았다.

‘크윽! 엄청난 공격이다! 손이 찌릿찌릿해!’

단창의 엄청난 공격에 운현은 어찌해야 할지 알 수가 없었다.

어느 정도 거리가 떨어져 있다면 보법을 이용해서 떨어뜨려 놓겠는데, 굉장히 가까운 거리에 있었다. 게다가 자신이 움직이는 대로 따라붙는 것이 모든 움직임을 예측하고 있는 것 같았다.

“쿠오오!”

단창이 다시 한 번 괴성을 지르며 금선도를 위에서 아래로 내려쳤다.

단순한 공격이었지만 쉽게 막을 수 없을 정도로 빠르고 위력적인 공격이었다.

쩌엉!

금선도와 구룡검이 부딪치는 소리가 크게 울려 퍼졌다. 구룡검이었기에 막아냈지, 일반 검이었으면 두 조각이 나며 자신의 머리까지 쪼개졌을 것이다.

‘새삼 구룡검이 대단하다는 생각이 드는구나!’

그런 생각을 하며 운현은 재빨리 뒤로 물러섰다. 그리고 단창이 또다시 달라붙을 것을 생각해서 방어 자세를 취했다.

하지만 예상 외로 단창은 운현을 따라붙지 않았다. 오히려 제자리에 서서 무언가를 준비하는 것 같았다.

‘큰일이다!’

단창의 상태가 심상치 않았다. 전신에서 피어오르는 기운
은 상상을 초월하는 것이었다.

운현 스스로도 이번 공격을 막을 수 있을지 장담할 수 없었
다.

"크와아아앙!"

단창이 포효하며 금선도를 세 번 휘두르자 그에 맞춰 세 개
의 거대한 기운이 운현의 전신을 압박해 들어왔다.

"으아압!"

운현도 기합을 지르며 구룡검을 휘둘렀다. 하나하나의 기
운이 제대로 막아내기 어려울 정도로 엄청났다.

"크윽!"

푸아아악!

처음이었다. 단창과의 싸움에서 운현이 처음으로 상처를
입었다.

앞의 두 개의 기운은 어찌어찌 막아냈지만 마지막 세 번째
기운은 제대로 막지 못해 옆구리 쪽에 상처를 입은 것이다.

"헉! 헉!"

또 한 가지 문제는 지금의 공격으로 운현이 엄청난 내력과
심력을 소모했다는 것이다.

방금 전까지만 해도 호흡이 거의 흐트러지지 않았던 운현
도 지금은 꽤나 거친 호흡을 하고 있었다.

"크크크크크크크!"

단창의 입에서 기분 나쁜 웃음소리가 흘러나왔다. 아직 이성이 완전히 사라지지는 않은 모양이었다.

'이대로 가다가는 진다!

운현의 표정이 점점 더 굳어져 갔다.

第十二章

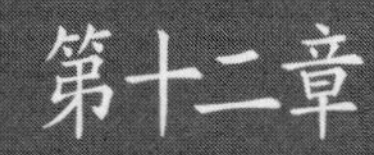

마도봉인(魔刀封印)

운현이 단창과 사투를 벌이고 있는 동안 육천룡문의 여섯 노인과 정 노인 일행의 싸움은 끝을 향해 달려가고 있었다.

정 노인과 홍 노, 청 노의 손에 백성익과 독고천, 종리호가 쓰러졌고, 악규영은 아직도 회색 머리의 교창과 치열하게 싸우고 있었다.

갈염천의 경우에는 갈색 머리를 한 함구율에게 밀리고 있었지만 어찌어찌 잘 버티고 있었다.

제자가 밀리고 있는 상황이니 홍 노는 기회를 보아 도와줄 생각이었기에 큰 걱정은 없어 보였다.

가장 치열한 싸움을 하고 있는 것은 청산과 사마소 쪽이었다.

둘의 싸움은 우아하다는 표현이 어울릴 정도였다. 겉으로 보기에는 사마소가 청산을 생각해서 용을 불러내지 않는 것처럼 보였지만, 실상은 그것이 아니었다.

사마소는 용을 불러낼 수 없었다.

그 정도로 청산의 공격은 여유로운 듯하면서도 세밀하고 까다롭게 들어왔다.

사마소는 이해할 수 없었다. 청산의 공격은 그저 그런 공격이었다.

단순하고 느리고, 위력 역시 그리 강하지 않았다. 물론 보법을 사용하고 있다고는 하지만 전체적인 위력은 자신이 막아내지 못할 공격은 아니라고 생각했다.

하지만 막상 당해보면 그것이 아니었다. 위력이 없다는 생각에는 변함이 없지만, 그냥 맞아주고 반격을 하기에는 위험 요소가 너무 큰 공격이었다.

'도대체 어찌 된 것인가!'

사마소의 호흡이 조금씩 거칠어지기 시작했다. 반면 청산은 아직도 여유가 있는 모습이었다.

"끝이오?"

"끝?"

끝이냐는 청산의 말에 사마소는 발끈했다. 사마소 자신은 아직 모든 것을 보여주지 못하고 있었다.

"내 모든 것을 보여줄 수 있다면 이 싸움은 나의 승리가 될 것이오."

"하하하하!"

사마소의 말에 청산이 크게 웃었다. 이 상황에서 웃는다는 것이 이해가 가지 않는 사마소였기에 그저 멀뚱히 청산을 바라보았다.

"이 싸움은 생사를 걸고 하는 싸움이오. 그런데 지금 적에게 '잠깐 공격을 늦춰라! 내 모든 것을 보여줄 테니!' 라고 부탁하는 것이오? 우습군."

청산의 말에 사마소는 화가 치밀어 올랐지만 아무런 말도 할 수 없었다.

"좋소! 어디 한번 보여보시오. 그대의 모든 것을."

청산의 말에 사마소는 굴욕을 느꼈다. 하지만 지금은 청산의 말대로 목숨을 건 싸움을 하는 중. 기회가 왔을 때 잡아야 했다.

"후회하지 마시오."

사마소가 자세를 잡았다. 그리고 내기를 끌어올렸다.

청산 역시 자신의 검을 늘어뜨리고 사마소의 공격에 대비하기 시작했다.

십중팔구 사마소는 용을 불러낼 것이 뻔했다. 검을 쥔 청산의 손에 힘이 들어갔다.

'이길 수 있을 것인가?!'

청산은 그런 생각을 하며 스스로 깜짝 놀랐다. 지금은 그런 생각을 할 때가 아니었고, 해서도 안 되었다.

제자인 운현도 목숨을 걸고 싸우고 있었다. 제자가 목숨을 거는데 자신은 나약한 생각을 해서는 안 되는 것이었다.

"오시오."

"흐아압!"

사마소의 기합과 함께 산천초목의 푸른 녹색을 띤 거대한 용이 모습을 드러냈다.

[크아아아앙!]

청산은 용이 포효하고 있다는 착각을 일으켰다. 그리고 실제로 살기까지 띠고 있었다.

'실제로 보니 장난이 아니군.'

속으로 생각한 청산은 자신의 모든 것을 끌어내기로 마음먹었다.

제자인 운현이 크게 성장하여 중원무림에 없어서는 안 될 존재가 되었을 때 청산은 너무나도 기뻤다.

하지만 그런 가운데 부러움을 넘어선 질투가 고개를 들었다. 무인으로서의 질투, 자신도 강해지고 싶은 열망.

나이가 먹고 제자를 키우면서 한 번도 그런 생각을 해본 적이 없었다. 무의식적으로 현재 자신의 위치에 만족하고 있었던 것이다.

무당 최고수가 되고, 장문인의 자리에 앉아 중원무림의 존경을 받는 자리에 오르고 나니 무인으로서의 본분을 잊었던 것이다.

그리고 제자 덕분에 다시 찾은 무인의 혼. 청산의 입가에 미소가 번졌다.

"와라!"

푸른 용이 청산을 향해 달려들기 시작했다.

한 번 당하고 나니 두 번, 세 번 당하는 것은 어찌 보면 당연한 것이었다.

지금 운현의 꼴은 말이 아니었다. 옷은 갈기갈기 찢어져 있었고, 상처도 적지 않아 보였다.

게다가 어느 정도 안정시킨 듯 보였지만 내상을 입은 것 같았다.

운현에게 있어서 최악의 상황이었다.

"쿠오오오오!"

단창이 다시 한 번 운현에게 공격을 가했다. 탄력을 받았는지 이번에는 사방위를 넘어 팔방위 모두를 점한 공격이었다.

'이대로는 죽는다!'

운현은 이를 악물었다. 그리고는 구룡검에 내기를 불어넣고는 빠르게 움직이며 구룡검을 휘둘렀다.

피할 수 있는 것은 피하면서 어쩔 수 없이 막아야 하는 것은 막아내겠다는 계산이었다.

콰쾅! 콰콰쾅!

운현의 내기와 단창의 기운이 공중에서 폭발했다. 하지만 운현이 막아낸 것은 세 개뿐. 나머지 다섯 개의 기운은 몸으로 고스란히 받아낼 수밖에 없었다.

"끄아아아악!"

운현은 비명을 질렀다. 갈기갈기 찢어버리는 듯한 엄청난 충격이 온몸을 휘감았다.

털썩.

운현은 그대로 두 무릎을 꿇고 말았다. 그런 운현의 모습을 보며 단창은 섬뜩한 미소를 지었다.

'이대로… 이대로… 죽는 건가…….'

운현은 온몸에 힘이 하나도 없었다. 마지막 정신력으로 구룡검을 들고는 있었지만 손가락을 펼 힘도 없는 상황이기에 구부러져 있는 손가락에 걸쳐 있는 수준이었다.

─그대여.

'이건… 무슨 소리지…….'

─그대여.

'어디선가 들어본 목소리다…….'

운현은 정신도 혼미해지고 있었다. 이대로 가다가는 정말 목숨을 잃고 마는 위험한 순간이었다.

─그대여!

'…용?

운현은 용을 보았다. 처음 구룡검을 가졌을 때 보았던 아홉 마리의 용이었다.

─살고 싶은가?

'이제 다 끝이다, 끝. 난 더 이상 움직일 힘이 없다.'

그 순간 운현의 머릿속에 죽은 초가인이 떠올랐다. 자신만 믿고 형제들을 떠나 힘든 생활을 했던 그녀.

죽는 순간까지 자신을 바라보고 행복했다는 말을 남기고 떠난 그녀였다.

그녀가 울고 있었다.

자신을 보며 울고 있었다. 일어나라고, 져서는 안 된다고.

'가지 마…….'

초가인의 모습이 스르르 사라졌다. 그리고 지금까지 운현이 쌓아온 소중한 인연들이 한 명 한 명 떠올랐다.

정미현, 정 노인, 청산, 악규영, 갈염천, 청 노, 홍 노… 여러 가지로 자신에게 많은 것을 가르쳐 주고 베풀어준 사람들이었다.

'이제는… 내가 보답해야 해!'

─이기고 싶은가?

다시 한 번 구룡의 목소리가 운현의 귓가에 들렸다. 그 말에 운현은 속으로 답했다.

'나에게… 힘을… 줘… 모두를… 지킬 수 있는…….'

─좋다. 그대는 구룡검의 주인이자 세상을 구원할 운명을

지닌 자. 싸워라.

그 말과 함께 구룡검을 통해 운현의 몸속으로 알 수 없는 기운이 흘러 들어오기 시작했다.

'힘이?'

힘이 솟았다. 따뜻한 기운이 몸속에 들어와 내상을 어루만지고 지친 근육과 세포들을 다독이고 있었다.

"크윽!"

운현이 힘겹게 자리에서 일어났다. 상처가 아물고 내상이 완치된 것은 아니었지만 운현의 몸에 쌓인 피로는 빠르게 회복되고 있었다.

"후우."

잠깐의 시간이 지나고 운현은 심호흡을 했다. 외상으로 인해 아직 움직이는 데는 불편함이 있지만 내상이 많이 나았기에 마음만은 편했다.

"자, 다시 시작해 볼까?"

무언가 바뀌어가는 운현을 보며 주춤하고 있던 단창 역시 표정이 바뀌었다.

물론 아직 제정신은 아니었지만 바뀐 운현의 기도는 본능적으로 알아차릴 수 있었다.

"어서 시작하자고. 난 지금 최고니까."

자신감에 찬 운현의 말에 단창은 섣불리 공격하지 못하고 있었다. 야수의 감각으로 싸우던 단창이 운현에게 두려움을 느낀 것이었다.

운현의 입가에 미소가 번졌다, 승리의 미소가.

청산과 사마소의 싸움은 생각보다 오래갔다. 여기서 사마소가 느끼는 놀라움은 엄청난 것이었다.

구룡지기를 익힌 아홉 노인만이 사용할 수 있는 용을 불러냈음에도 청산을 어찌하지 못했기 때문이다.

물론 진짜 용을 불러낸 것이 아니라 용의 형상을 띤 기운이었지만 용과 호각으로 싸우는 인간을 보는 것은 경악, 그 자체였다.

청산은 자신의 모든 내력을 끌어모아 용을 상대로 싸우고 있었다.

이 용을 쓰러뜨린다면 사마소를 이기는 것과 같다는 생각으로.

용이 거대한 입을 벌리고 청산을 삼켜 버릴 듯 날아들었다. 하지만 청산은 침착하게 검을 들어 용의 머리를 세로로 베어 버렸다.

"저게 어떻게 가능해?"

홍 노의 도움으로 함구율을 이기고 청산의 싸움을 구경하던 갈염천이 중얼거렸다.

자신의 몸집보다 수십 배는 더 큰 용의 머리 부분을 그대로 검으로 가른 것이다.

하지만 그것이 끝이 아니었다.

용의 머리를 가르기는 했지만 그것은 어디까지나 직접적인 공격을 맞지 않았다는 것을 의미하는 것이지 이긴 것이 아니었다.

청산에 의해 베인 부분은 용이 다시 하늘로 날아오르며 붙어버렸고, 다시 멀쩡한 상태로 돌아갔다.

그 모습에 청산은 헛웃음이 나왔다.

베고 또 베어도 원상태로 복구가 되니 허탈할 수밖에 없었다.

"소멸밖에는 없는 것인가?"

[크와아앙!]

푸른 용이 다시 한 번 포효하며 청산에게 날아들었다.

번뜩!

청산이 살짝 감았던 눈을 떴다. 그 한순간에 자신의 내력을 모두 검에 모았다.

"강기!"

악규영이 소리쳤다. 지금 청산의 검에 응집된 내기는 분명 검강이었다.

"하아압!"

청산이 힘차게 소리를 지르며 용을 향해 검을 휘둘렀다. 태극혜검 제십이초 태극무상의 초식이었다.

콰콰콰콰쾅!

엄청난 소리와 함께 용과 청산의 검강이 충돌했다. 크기만 보면 청산의 검강이 비할 바가 되지 못했지만 용은 그의 검에 막혀 더 이상 앞으로 나아가지 못했다.

쩌적! 쩌저적!

"앗!"

갈염천이 놀라 소리쳤다. 청산의 검강에 의해 용의 머리 부분에 금이 가고 있던 것이었다.

사마소가 만들어낸 용 역시 강기의 일종. 청산은 더욱더 강한 강기를 이용해 깨버리기로 마음먹은 것이었다.

"으아아아압!"

청산이 다시 한 번 기합을 내지르며 더욱더 강하게 용을 밀어붙였다. 그리고 그 결과는 곧바로 드러났다.

쩌저저저적! 쩌엉!

청산의 힘을 이기지 못하고 용은 머리부터 천천히 부서지기 시작했다.

용이 부서지자 청산과 사마소는 둘 다 그 자리에 주저앉고 말았다.

동수. 비긴 것이나 다름이 없었다. 사마소는 필사적으로 자리에서 일어서려 했지만 다리에 힘이 들어가지 않았다.

자신이 가진 응룡의 기운을 모두 쏟아 부어 만들어낸 용이었기 때문이다.

청산 역시 자신의 거의 모든 진기를 사용하여 만들어낸 검강이었다.

가느다란 한줄기의 진기만이 남아 체내를 돌면서 기운을 다스리고 있는 중이었다.

"자네가 졌네."

어느새 정 노인이 사마소에게 다가가 말했다. 힘겹게 고개를 들어 올려 정 노인을 바라본 사마소는 절망의 눈빛으로 고개를 숙였다.

"이제… 너만 남았구나, 운현."

정 노인이 육천룡문 안 어디선가 싸우고 있을 운현을 향해 중얼거렸다.

기운을 회복한 운현은 단창을 마구 몰아가고 있었다. 단창은 계속해서 뒷걸음질치고 있었다. 이대로 가면 운현의 승리가 확실해 보였다.

파앗!

"뭐, 뭐야!"

갑작스럽게 금선도에서 뿜어져 나온 검은빛에 운현은 깜짝 놀라 뒤로 물러섰다.

지금까지 단창을 조종하던 그 기운이 이제는 밖으로 나오려 하는 모양이었다.

우우웅!

그런 검은빛에 반응을 한 것일까? 구룡검 역시 밝은 빛을 뿌리기 시작했다.

'저 검은 기운에 대항할 수 있는 마지막 빛인가?

운현은 구룡검에서 뿜어져 나오는 빛을 보며 그렇게 생각했다. 그리고는 거의 다 검은빛에 먹혀가고 있는 단창을 바라보았다.

"여기서 끝내자. 이걸로 마지막이다!"

운현이 검을 하늘로 들어 올렸다. 그러자 주변의 공기와 함께 모든 것들이 검으로 스며들 듯 모여들었다.

"대자연의 분노는 인간이 거스를 수 없는 법! 세상 모든 것들이 바르게 돌아가야 이 분노도 끝날 것이다!"

거대한 기운이 응집된 구룡검을 내린 운현은 그대로 단창에게 달려들었다.

그와 동시에 단창의 몸에 달라붙어 있던 검은 기운이 운현도 집어삼키려는 듯 폭사되었다.

"하압!"

단창과의 거리를 좁힌 운현이 구룡검을 힘차게 휘두르며 스쳐 지나갔다.

휘이이잉.

한줄기 바람이 스쳐 지나가고 두 사람이 멈추었다.

단창의 몸을 감싸고 있던 검은 기운은 어디로 갔는지 사라졌고, 단창만이 그 자리에 서 있었다.

풀썩!

그 순간, 단창이 그대로 쓰러졌다. 그를 조종하던 검은 기운이 사라지고 정신을 잃은 것이었다.

"크악!"

운현 역시 입으로 검붉은 피를 토했다. 단창을 쓰러뜨리면서 그의 몸에서 뿜어져 나온 검은 기운이 운현의 몸을 강타한 것이었다.

그나마 다행이라면 구룡검에서 나온 빛이 운현의 몸을 어느 정도 보호해 주었기 때문에 심한 내상을 입지는 않았다는 점이다.

"후우… 끝이구나……."

운현이 천천히 심호흡을 하고는 단창이 쓰러져 있는 곳으로 다가갔다.

"금선도… 이것이 금선도구나."

운현은 금선도를 집어 들었다. 합룡기를 이룬 자신이기 때문인지 금선도에서는 아무것도 느껴지지 않았다.

"죽었을까?"

운현은 단창의 상태를 확인했다. 다행히 심력 소모와 체력 고갈로 정신을 잃은 상태였다.

"여기에 이렇게 내버려 둘 수는 없겠지."

운현은 한 팔로 단창을 들쳐 업었다. 그리고는 힘겹게 전각을 빠져나가기 시작했다.

　바깥의 모든 싸움이 끝나고 정파연합 측 무사들은 한데 모여 있었다.

　운현이 무사히 돌아오기를 기다리며, 이 싸움이 끝나기를 기다리며 다들 초조해하고 있었다.

　"아! 운현!"

　정미현이 먼저 운현을 발견하고는 그리로 뛰어갔다. 그리고 다른 사람들 역시 그 뒤를 따라 운현에게 다가갔다.

　"어찌 되었는가?"

　"여기 있습니다."

　운현이 자신의 손에 들려 있는 금선도를 앞으로 내밀었다.

　"오~! 드디어… 드디어 이 싸움이 끝났구나!"

　"우와아아아!"

　"와아아아아아아아아아!"

　"검존 만세!"

　청산의 외침에 무사들이 일제히 환호성을 질렀다. 중원 역사 중 최대의 위기라 할 수 있는 이 시기를 자신들의 손으로 이겨낸 것이었다.

　"그런데 금선도가 이상합니다."

　"무엇이 이상하더냐?"

　운현의 말에 정 노인이 조심스럽게 금선도를 살펴보았다. 한참을 살펴보던 정 노인은 다행이라는 표정으로 입을 열었다.

“이제 다 끝났네.”

“네?”

“이 금선도는 예전의 금선도가 아니야.”

“그게 무슨 말씀이시죠?”

“잘은 모르겠지만, 마도이자 요도로 불리던 금선도는 더 이상 없다는 말일세.”

그때 사마소가 불쑥 끼어들어 말했다.

“예전에 그런 말이 있었지. ‘금선도를 막을 자는 구룡검의 주인 된 자. 구룡검과 그 주인만이 금선도를 잠재울 수 있다’ 라는.”

사마소의 말에 운현은 금선도를 바라보았다. 이제 금선도 는 다른 일반도보다 조금 더 단단한 무기에 지나지 않게 되었 다.

“그대가 가진 구룡검 역시 이제 그저 세상의 그 어떤 검보 다 단단한 검에 지나지 않다.”

운현은 자신의 허리춤에 있는 구룡검을 내려다보았다. 그 냥 단단한 검이 되어버렸다는 소리에 왠지 모르게 아쉬워지 는 운현이었다.

“그 아이… 죽었는가?”

사마소가 운현의 등에 업혀 있는 단창을 보며 물었다.

“아니요. 죽지 않았습니다.”

죽이지 않았다는 말에 사마소의 얼굴이 밝아졌다. 반면 정파연합 측 무사들의 표정은 살짝 굳었다.

"뭐, 상관없겠지. 이들은 졌고, 금선도 또한 없다. 더 이상 악심을 품을 수가 없을 것이야."

청산의 말을 듣고서야 얼굴 표정이 풀어지는 무사들이었다.

"제갈가주님께는 연락했습니까?"

"그래, 남궁가주가 깨어난 지 얼마 안 된 모양이야. 육천룡문 선발대와 계속 대치하던 중에 우리의 소식을 들은 모양이다. 곧 도착할 거다."

청산의 말에 끝나기가 무섭게 상인모를 앞세운 육천룡문 무사들과 남궁훈이 이끄는 정파연합 측 무사들이 모습을 드러냈다.

"어떻게 되었습니까?"

"다 끝났다네. 금선도는 영원히 잠들었어."

그 말에 제갈유풍과 모용신창, 남궁훈 등의 표정은 다행이라는 표정으로 바뀌었다.

반면 상인모와 육천룡문 무사들의 표정은 허탈한 표정으로 바뀌었다.

"인모야."

"예."

사마소의 말에 상인모가 공손하게 대답했다. 그의 목소리에서는 진한 아쉬움이 묻어 나왔다.

"우리가 그동안 잘못 생각해 왔던 것 같구나."

"……."

"힘을 가진 자는 그 힘을 헛되이 사용해서는 안 되는 거였다. 힘을 가진 만큼 그만큼 책임이 크다는 것을 난 이제야 알게 되었다."

사마소의 말에 상인모는 아무런 대답도 하지 않았다. 괜시리 눈물이 나는 그였다.

"이제 평범하게 살아가자. 더 이상 우리에게 복수는 의미 없다."

"…예."

이렇게 해서 길고 긴 육천룡문과 중원무림과의 싸움은 끝이 났다.

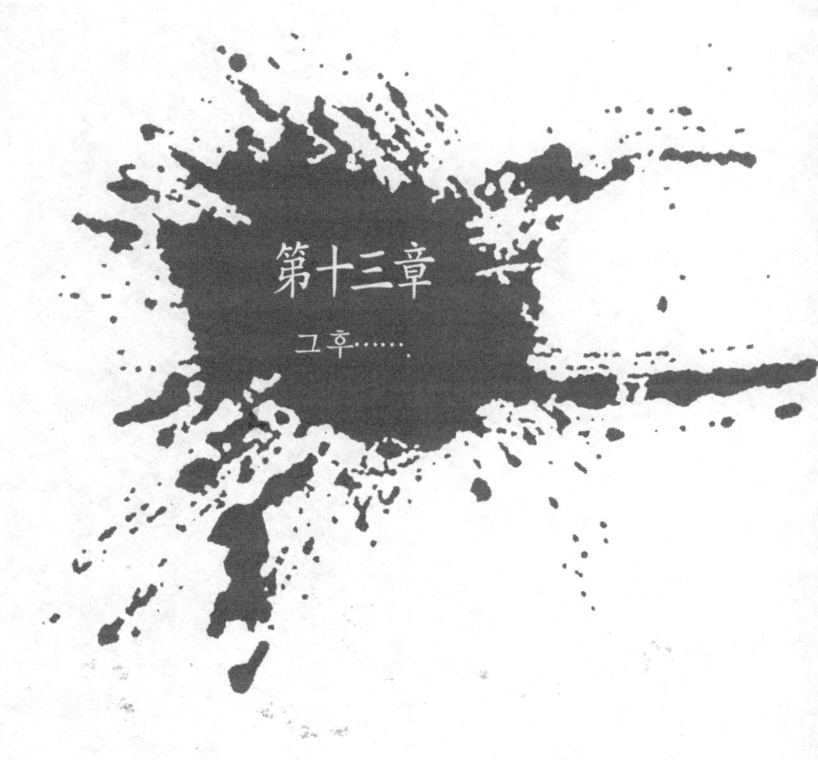

第十三章
그 후……

　길고 긴 시간 만에 중원무림에 평화가 찾아왔다. 육천룡문의 남은 일행은 평생을 조용히 은거하며 살겠다고 말하고는 어느 깊은 산속으로 들어갔다.

　오랜 싸움으로 심신이 다 지친 중원무림은 오랜 휴식기에 들어갔다.

　모든 문파와 세가가 봉문한 채 세력을 회복하는 데 전념하였으며, 과거의 영화를 찾기 위해 불철주야 노력했다.

　중원무림을 구한 운현은 거의 신처럼 추앙받았다.

　운현으로부터 시작된 작은 혼란은 결국 운현의 손으로 끝맺음이 되었고, 운현으로 인하여 무당은 중원제일문파(中元

第一門派)라는 칭호를 얻게 되었다.

　싸움이 끝나고 운현은 무당산에서 조용히 생활했다. 그동안 너무 혹사시켰던 몸에게도 휴식을 주고, 정미현과 함께 평화로운 생활을 하고자 했기 때문이다.

　매일같이 운현 걱정에 얼굴 퍼질 날이 없었던 정미현은 날이 갈수록 활발해지고 밝아졌다.

　다만 육천룡문 일행을 따라 어디론가 은거한 정 노인과 홍노, 청 노를 생각할 때는 조금 울적해지기도 했다.

　갈염천은 남궁세가로 갔다.

　자신의 무공을 좀 더 완전하게 가다듬는 데 남궁세가만큼 좋은 곳은 없었기 때문이다.

　게다가 한 가지 이유가 더 있었으니… 그가 예전에 남궁세가를 방문했을 때 만난 남궁훈의 여식 중 한 명을 남몰래 사모하고 있었던 것이다.

　이런 사실을 알고 있는 사람은 운현밖에 없었으나 얼마 후에는 무당과 남궁가 사람들 거의 대부분이 그 사실을 알게 되었다.

　그 때문에 갈염천은 자신의 머리만큼이나 빨개진 얼굴을 하고는 한동안 제대로 나다니지도 못했다.

　악규영은 악가가 다시금 예전의 명성을 되찾는 데 심혈을 기울였다.

　사실 이번 싸움에서 악가가 세운 공적은 겉으로 드러나 보이지는 않았다. 뒤에서 묵묵히 행한 것이 더 많았기 때문에 크게 알아주는 사람이 없었던 것이다.

그에 운현이 악규영에게 섭섭하지 않느냐고 물었을 때 악규영은 이렇게 말했다.

"괜찮습니다. 차라리 잘되었지요. 이참에 제 힘으로 악가를 오대세가로 만들어보겠습니다."

그런 악규영의 굳은 다짐을 들은 운현은 미소를 지었다.

그렇게 중원무림은 천천히 회복하며 제자리를 찾아가고 있었다.

이제 다시 예전처럼 돌아갈 것이었다.

문파 간에 실력을 겨루고 교류하며, 서로 우정을 다지는 그런 날로.

『마도신기』終

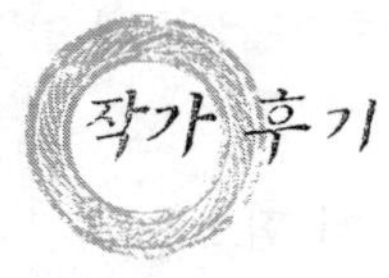

작년 6월 25일, 난감천재 1권이 출간되고 1년이 지났습니다. 난감천재 6권과 마도신기 6권까지 1년 동안 12권의 책을 썼네요. 지금 생각해 보니 참으로 많이 썼습니다.

처음 난감천재의 소재를 생각하고 연재를 할 때에는 글 쓰는 것이 참 재미있고 즐거웠습니다. 조회수가 조금씩 올라가는 것을 보는 재미, 독자 여러분들의 댓글 보는 재미에 점점 더 힘이 났던 것 같습니다.

그런데 이번 마도신기를 쓰면서는 부담이 많이 가서 그런지 몰라도 '재미' 라는 것을 잃어버렸던 것 같습니다.

쓰는 사람도 즐겁고 재미있게 써야 되는데, 그런 점이 부족하여 아쉬움이 많이 남습니다. 마음에 여유도 없었던 것 같고요.

이제 다시 초심으로 돌아가려고 합니다.

충전의 시간을 가지고 많은 상상을 하고, 많은 경험을 한 후에 다음 작품을 써볼 생각입니다.

제 자신이 즐거운 마음으로, 그리고 웃으면서 글을 쓸 수 있을 때 다시 찾아뵙겠습니다.

끝까지 이 글을 읽어주신 많은 분들께 감사의 말씀을 드립니다.

장마철 창작공간에서 강태훈.

초등학생이 반드시 읽어야 할 좋은 책 49권

각 학년별로 초등학생이 반드시 읽어야할 좋은 책을
선정하여 통합논술의 기본이 되는 '올바른 독서법'을
일깨워 줍니다.

교과서와 함께하는
초등학교 통합논술

초등1학년 | 값 12,000원 / 초등2학년 | 값 9,500원 / 초등3학년 | 값 11,000원 / 초등4학년 | 값 9,500원 / 초등5학년 | 값 9,500원 / 초등6학년 | 값 11,000원

♣ 혼자 할 수 있어요.

엄마가 책 읽는 방법을 가르쳐 주어도 좋아요.
독서지도하는 선생님이 가르쳐 주어도 좋답니다.
"초등 교과서와 함께하는 **통합논술 시리즈**"는
아이 스스로 독서할 수 있도록 꾸며진 책이에요.
엄마와 선생님은 요령만 가르쳐 주시면 된답니다.

♣ 교과서의 중요한 내용이 총정리되어 있어요.

각 학년별로 중요한 교과 내용이 함께 수록되어 있어요.
초등학생은 교과서 내용을 충실하게 공부해야 합니다.
아울러 그와 병행한 독서가 대단히 중요하지요.
"초등 교과서와 함께하는 **통합논술 시리즈**"는
두가지 방법 모두 알려준답니다.

♣ 이 책은 훌륭하신 선생님들이 함께 쓰신 책이랍니다.

동화작가 선생님들이 쓰셨어요. 소설가 선생님도 쓰셨답니다.
국어 논술독서지도 선생님들도 함께 쓰셨지요.
"초등 교과서와 함께하는 **통합논술 시리즈**"는
엄마의 마음으로 모든 선생님들이 함께 꾸민 책이랍니다.